D1985959

Zurück geht es nur über Santiago

Auf dem
Camino Portugués
von Coimbra bis Santiago de Compostela,
mit Fatima

Für meine Eltern, die uns für alles

stark gemacht haben.

Papa, ich denke jeden Tag an Dich!

Zurück geht es nur über Santiago

Mein Weg auf dem Camino Portugués

Birgit Maria Luise Schüler

FSC
www.fsc.org
MIX
Papier aus verantwortungsvollen Quellen
Paper from responsible sources
FSC® C105338

Bibliografische Information der Deutschen Nationalbibliothek:
Die Deutsche Nationalbibliothek verzeichnet diese Publikation in der Deutschen Nationalbibliografie; detaillierte bibliografische Daten sind im Internet über http://dnb.dnb.de abrufbar.

© 2012 Birgit M.L. Schüler

Herstellung und Verlag: BoD – Books on Demand, Norderstedt

ISBN: 978-3-8482-5701-0

Inhaltsverzeichnis

Auch wenn der Jakobsweg seit über tausend Jahren von Millionen Pilgern begangen worden ist – in weiten Kreisen bekannt geworden ist er in Deutschland erst, seit das Buch von Hape Kerkeling über dessen Jakobsweg monatelang die Bestsellerlisten angeführt hat.

Ich selbst kannte den Jakobsweg seit über zwanzig Jahren. Mein allererstes Landeskundeseminar in meinem 2. Studienfach Spanisch hatte sich damit befasst und obwohl ich das Thema am Anfang nur gewählt hatte, weil es einfach am besten in meinen Stundenplan passte – mit ‚Pilgern' hatte ich damals so gar nichts am Hut – war ich spätestens beim abschließenden Dia-Abend mit spanischem Wein und Leckereien so weit zu sagen, das will ich auch!

Aber wie es dann so ist – nach dem Studium drückten mich die immensen (BAföG-)Schulden und dann hatte ich zunächst Mal meinen neuen Job. Als dann das Geld wieder etwas weniger knapp war, kam ein Kind und dann war ich sehr bald alleinerziehende Mutter und hatte weder Zeit noch Geld für diese Träume. Und schließlich waren sie dann auch in Vergessenheit geraten.

In 2005, mein Sohn war zwölf und fuhr in den Ferien zu seinem Vater, hatte ich mich einer Reiseorganisation für einen Wanderurlaub in den Pyrenäen angeschlossen. In den Alpen war ich oft und gern alleine unterwegs, aber von den Pyrenäen hatte ich immer gelesen, die Wege seien weniger gut markiert und so wollte ich dort nicht alleine laufen. Wir hatten ein „Basiscamp" auf einem Zeltplatz auf der Hochebene der Cerdagne und machten von dort aus wunderschöne Tagestouren. Auf einer dieser Touren kamen wir durch ein kleines Dorf, in dem wir die alte St. Jacques Kapelle besichtigten. Und dort stieß ich zum ersten Mal auf die Markierung mit der Jakobsmuschel. Aber auch bei diesem Anblick ‚klingelte' es noch nicht bei mir. Erst als eine der anderen Reiseteilnehmerinnen beim Blick auf die Muschel erzählte, eine Freundin von ihr habe ja *diesen Jakobsweg* gemacht, nach einer gescheiterten Beziehung und habe dann in Finisterre das Foto ihres Partners zerrissen und ins Meer geworfen. Und da fiel es mir wieder ein! Stimmt ja, von diesem Jakobsweg hatte ich auch mal geträumt.

Als ich nach diesem Urlaub wieder zu Hause war, erzählte ich meinem damaligen Partner von dieser Begegnung und dass ich auch immer mal vorgehabt hatte, den Jakobsweg zu gehen. Und spontan sagte er, da wäre er auch dabei!

Ab sofort begannen wir mit der Planung. Im Folgejahr konnten wir meine und seine Mutter gewinnen, jeweils anderthalb Wochen bei meinem Sohn zu bleiben, was uns drei Wochen verschaffte. Günstige Tickets waren schnell gebucht und wir bereiteten uns intensiv auf den Weg vor. Mit vielen Berichten, gedruckt und im Internet, die vor allem ich las und auch mit vielen Wanderungen bei vollem Rucksackgepäck. In 2006 machten wir uns auf den Camino Frances. Und als wir zurückkamen, hatte er uns erwischt – der Virus Caminensis.

Der Camino Portugués war dann meine vierte Etappe auf einem der Jakobswege.

In Portugal existieren verschiedene Pilgerwege, die alle unter dem Namen Camino Portugués oder auch Via Lusitana zusammengefasst werden. Ab dem 12. Jahrhundert hatte sich der Portugiesische Jakobsweg zu einem wichtigen Pilgerweg entwickelt. Nebenbei kann man von Lissabon auch auf relativ gut markiertem Weg über Fatima, den wichtigsten Pilgerort und

Marienheiligtum Portugals, nach Santiago de Compostela pilgern.

Durch die zunehmende Kommerzialisierung des inzwischen viel bekannteren Camino Francés von den Pyrenäen durch den Norden Spaniens weichen immer mehr Pilger auf die weniger bekannten Nebenwege aus und unter diesen Nebenwegen ist der Camino Portugués mittlerweile der Beliebteste. Er gilt als vergleichsweise einfach, da er keine großen Steigungen aufweist und ist mit etwa 240km Länge ab Porto auch für Berufstätige in einem normalen Urlaub gut zu bewältigen.

Am Wegesrand sorgen weite Wiesen, Weinberge und Felder, verträumte Dörfer und romantische Buchten für viel Abwechslung und machen den Camino Portugués zu einem sehr vielseitigen Pilgerweg. Historische Sehenswürdigkeiten ebenso wie kulturelle Highlights säumen den Weg. Erfahrene Pilger, die die Herausforderung suchen, können von Lissabon aus starten und so zu Beginn ihrer Pilgerreise auch die portugiesische Hauptstadt erkunden, wobei in diesem Fall insgesamt ca. 600km bis Santiago de Compostela zurückzulegen sind. Fernab der Touristenmassen kann man Portugal in all seinen Facetten entlang des Camino Portugués entdecken und erhält auf diese Art und Weise einen einzigartigen Einblick in die Flora und Fauna sowie die Kultur Portugals.

Mir hatte dieser Weg schon seit Beginn meiner Pilgerreisen als nächstes Ziel vorgeschwebt und 2009 hatte ich mich endgültig entschlossen, den Weg in Angriff zu nehmen. Ich nahm mir vor, dieses Mal ein detailliertes Pilgertagebuch zu führen. Ich wollte nicht nur festhalten, was ich erlebte, sondern auch die Gedanken, die mir auf dem Weg durch den Kopf gingen und die Gefühle, die damit verbunden waren.

Nach den drei vorherigen Jakobsweg-Etappen hatte ich ja schon ein wenig Routine. Trotzdem würde dieser geplante Weg auf dem Portugués für mich völlig anders und völlig neu sein. Vieles hatte sich seit meinem letzten Camino verändert, die Beziehung zu meinem Partner, der mich auf den ersten drei Camino-Etappen begleitet hatte, war zerbrochen. So vieles wollte ich auf diesem Weg verarbeiten und hinter mich bringen. Und hatte gleichzeitig auch Angst davor, dass es mir nicht gelingen könnte, dass die vielen Erinnerungen es mir zu schwer machen würden. Ich hatte lange mit mir gerungen, ob ich wieder auf den Camino zurückgehen sollte. Zurückgehen wollte. Hatte auch mit Pilgerfreunden darüber diskutiert, die mir dringend dazu geraten hatten, es zu tun. Letztlich wollte ich den schlimmen Erinnerungen an das Vorjahr genau damit trotzen und das tiefe ‚Erlebnis Jakobsweg' für mich als positive Erfahrung zurückgewinnen.

Nach Fatima und von Coimbra über Porto und Braga nach Santiago de Compostela
Santiago de Compostela
Padrón
Caldas de Reis
Pontevedra
Redondela
Vigo
Tui
Rubiães
Ponte de Lima
Barcelos
Vila do Conde
Porto
SJ da Madeira
Albergaria
Águeda
Mealhada
Coimbra
Figueira da Foz
Rabaçal
Alvaiázere
Tomar
Golegã
Santarém
Azambuja
Verdelha de Baixo
Sintra
Lissabon

Mittwoch, 16. September 2009 – Morgen!

Bald geht es los! Morgen starte ich zum vierten Mal auf den Jakobsweg.
Dieses Mal will ich von Portugal aus nach Santiago de Compostela, auf dem Camino Portugués. In der Regel sind die Hafenstädte, welche die Pilger im Mittelalter oft von weit her mit dem Schiff erreichten, die Ausgangspunkte der Pilgerwege. Für die meisten, die vom „Portugiesischen Jakobsweg" sprechen, beginnt dieser daher in Porto, der Hafenstadt an der Mündung des Douro. Für die Spanier gar erst in Tui, an der spanisch-portugiesischen Grenze. Man kann auch in Lissabon starten und über Porto laufen oder in Faro im Süden Portugals und von dort über den Camino Portugués Interior gehen, der nahe der Grenze zu Spanien verläuft. Leider reicht mein Urlaub dafür nicht und so habe ich mich entschieden, nach einem Abstecher zum wichtigsten Marienwallfahrtsort Portugals – Fatima - im Herzen Portugals, in Coimbra zu starten.

Zum ersten Mal gehe ich ganz alleine. In einer Mischung aus Vorfreude bis hin zur Euphorie, aber auch Angst und Nervosität. Gut, ich bin immer nervös, wenn es auf Reisen geht. Ich, der absolute „Planer"! Schon Monate vorher fange ich an, Reiseführer zu lesen und Etappen zu planen, Wegalternativen zu erkunden, Packlisten zu schreiben. Mein Rucksack steht schon mindestens drei Wochen vorher fertig gepackt im Gästezimmer. Ich habe Alternativen für jedes Wetter im Gepäck und für alles mindestens eine Fallback-Lösung. Allerdings bedeutet diese ganze Planung für mich nicht nur ein Mehr an Sicherheit – sie ist für mich auch ein ganzes Stück Vorfreude. Sie verlängert die Zeit der eigentlichen Reise, ebenso wie die ‚Nachlese' – die bei mir darin besteht, Bilder zu bearbeiten, ein neues

Fotobuch zu gestalten, Kontakt zu halten zu denjenigen, die man unterwegs kennengelernt hat.

Aber natürlich bedeutet diese Art der Planung schon auch eine gewisse „Sicherheit“. Und gehört damit zu meinem Leben und zu mir. Ich sollte einmal meine Werte aufschreiben, das, was für mich wichtig ist. ‚Sicherheit‘ war das erste, was mir da in den Sinn kam. Sicherheit, Aufrichtigkeit und Zuverlässigkeit. Aber dann kam ich mir völlig blöd dabei vor, Sicherheit - das klang so materialistisch. Ich bin nicht materialistisch oder hänge nur an materiellen Dingen, aber eine gewisse Grundsicherung, auch im materiellen Sinne, ist mir schon wichtig. Das ist bestimmt begründet in einigen Dingen, die mir in meinem Leben widerfahren sind. Aufgewachsen bin ich sehr behütet, ich hatte die schönste Kindheit, die man sich vorstellen kann, mit der allerbesten Mutter, die die Liebenswürdigkeit in Person ist und einem Vater, der Alles für uns getan hat. Dass ich trotzdem lange gebraucht habe, bis Papa und ich uns bei aller Liebe wirklich nahe waren, lag daran, dass wir uns sehr ähnlich waren, beide stur und von recht aufbrausendem Temperament. Schnell beleidigt, aber auch schnell wieder versöhnt. Immer ehrlich und authentisch und nie nachtragend.

Sicherheit stand auch bei meinen Eltern immer weit oben in der Werteskala. So sind sie erst ganz spät das Wagnis eingegangen, sich mit dem Kauf eines Hauses finanziell zu belasten. Vorher ging zwar immer ein erheblicher Teil des Familieneinkommens für eine große, schöne Wohnung drauf, aber dennoch schreckten meine Eltern lange davor zurück, für ein eigenes Haus langfristig Schulden zu machen.

Mein Studium habe ich selbst finanziert. Es ging mir schon manchmal finanziell nicht so prächtig in dieser Zeit, aber wenn es mal gar nicht mehr weiterzugehen schien, hat meine Oma immer geholfen. Ebenso wusste ich immer, dass meine Eltern mich im Rahmen ihrer Mittel unterstützt hätten, wäre es wirklich einmal nicht weiter gegangen. Aber ich wollte das eben nicht in Anspruch nehmen. Auch nach dem Studium war ich unabhängig und habe dann mit 35 geheiratet. Mein Ex-Mann hatte bis dahin studiert und fing mit Mitte 30 endlich an, auf eigenen Beinen zu stehen. Als dann unser Sohn Luis zur Welt kam – brach irgendwie alles zusammen. Mein Mann, hatte immer gerne sein Bier getrunken, aber dass das über ein normales oder akzeptables Maß hinaus ging, war mir während des Studiums nicht bewusst geworden. Wir wollten ja unser Leben genießen, solange es ging, „Party“ gehörte auch dazu. Aber als mein Sohn dann auf der Welt war und sein Vater zum zweiten Mal wegen Alkohol den Führerschein verloren hatte, dann auch den Job und als seine Alkoholprobleme immer deutlicher und die Folgen massiver wurden, war diese Ehe ganz schnell am Ende. Und diese Zeit, in der die Vermieterin mich oft Mitte des Monats anrief, weil mein Mann die Miete noch immer nicht überwiesen hatte, in der ich manchmal nicht wusste, wovon ich einkaufen gehen sollte, die hat mich scheinbar mehr geprägt als ich früher dachte. Jedenfalls brauche ich viel Sicherheit – sowohl finanziell als auch planungsmäßig. Das Scheitern meiner Ehe habe ich längst verarbeitet und mein Sohn und ich waren immer ein gutes Team, während sein Vater völlig den Kurs verloren hat. In dem Moment, in dem mein Sohn mir mit neun oder zehn Jahren mal gesagt hat, „ich hab meinen Papa ja lieb, aber so leben wie er möchte ich nicht“ - in dem Moment habe ich gedacht, ‚Birgit, Du hast es nicht ganz schlecht gemacht‘!

Unsere Erfahrungen prägen uns und solche wie diese haben dazu beigetragen, dass für mich ‚Sicherheit‘ ein so wichtiger Wert geworden ist.

Der Mittwochabend – mein letzter vor der Abreise - wird ein richtig schöner Abend: mein Sohn Luis und ich gehen zusammen zu einem Auftritt des neuen Comedy-Stars Bülent Ceylan. Toll ist er, witzig, geistreich, allzu Deutsches entlarvend – dem kann man echt zwei Stunden zuhören. Bülent schlüpft in verschiedene Rollen, ist als Pelzhändlerin Anneliese genauso gut wie als Klischee-Türke Hassan oder als Arbeiter „Mompfred". „Vorpremiere in Bad Vilbel – warum hier?" fragt er. Und antwortet gleich darauf selbst: „na, wenn's net leeft, kriesches net so vil mit!". Die Familiengeschichte – türkischer Vater, deutscher Opa - und offenbar auch noch grad so einer wie unser Opa - die miteinander konkurrieren, Bülent auf die Seite ihrer jeweiligen Kultur zu ziehen. Flache Hinterköpfe als Schönheitsideal der Türken? Wusste ich noch gar nicht. Dann nehmen wir noch die DVD mit, signiert „für Birgit und Luis". Und Bülent findet es toll, dass die Generationen gemeinsam zu ihm kommen und gemeinsam Spaß haben. Für meinen Sohn und mich war es auf jeden Fall ein schöner Abschiedsabend vor meiner Reise. Luis weiß genau, warum dieser Weg besonders wichtig für mich ist und findet es gut, dass ich ihn gehen will.

Donnerstag, 17. September - Porto und Fatima

Nach der Abendveranstaltung bin ich natürlich erst spät ins Bett gekommen, dafür geht es am andern Morgen früh raus. Noch mal duschen, ein halber Toast – mehr geht nicht rein.... Reisefieber! Von Luis verabschieden und mit dem Auto zum Büro. Das Auto bleibt in der Tiefgarage, den Autoschlüssel muss ich auch nicht mitnehmen. Den kann ich im Schreibtisch lassen und dafür den Büroschlüssel mitnehmen – ha, das sind schließlich mindestens 100

Gramm weniger! Im Büro kann ich auch noch mal schnell aufs Klo – Reisefieber hat bei mir immer dieselbe Wirkung, nämlich Durchfall und Übelkeit. Das wird noch etwas stärker, als ich am Bahnhof feststellen muss, dass nur jetzt, in genau dieser Stunde, NICHT wie sonst alle 8 Minuten eine Bahn zum Flughafen fährt ……

Aber ich bin früh genug, es ist alles noch im grünen Bereich und ich entspanne mich wieder etwas. Am Flughafen habe ich – trotz Online-Check-in - eine Schlange am Gepäckschalter. Gründlich und genau wie ich bin, frage ich den jungen Mann, ob das mit dem Pfefferspray in meinem Rucksack ein Problem sei. Er muss telefonieren, bevor er es freigibt. Schließlich packe ich den Rucksack in einen blauen Müllsack – das tue ich immer, damit sich die Gurte nicht im Gepäckband verheddern. Der junge Mann am Lufthansa-Serviceschalter meint, dann sei aber der Aufkleber schwieriger zu befestigen. Entsprechend mache ich mir jetzt Sorgen, dass er sich lösen und der Rucksack woanders landen könnte. Dennoch bin ich schon nach kurzem auch bei diesem Gedanken wieder ungewohnt entspannt. Ich denke, „dann kaufe ich mir eben ein paar neue Klamotten und mache Urlaub am Meer.“ - So unaufgeregt war ich bei dem Gedanken an Alles, was schief gehen könnte, noch nie. Wo kommt diese neue Gelassenheit her?

Meine Magenbeschwerden verschwinden schon, bevor ich durch die Kontrollen bin. Ich trinke ganz manierlich nur Tee, brauche heute gar nichts zur Beruhigung.

In Porto angekommen – natürlich *mit* meinem Rucksack - suche ich den Bus, der in die Innenstadt fährt, denn dort ist die Busstation, von der aus es weiter geht nach Fatima, meiner ersten Station auf diesem Camino. Ich finde keine Bushaltestelle mit entsprechender Aufschrift und frage einen Polizisten.

Der schickt mich wieder ins Gebäude, wo es einen Informationsschalter gibt. Der junge Mann dort spricht sehr gut Englisch und sagt mir, am besten nehme man die Metro, die gehe gleich ins Zentrum. Er gibt mir noch einen Stadtplan und zeichnet mir die Metrostation sowie die Busstation ein. Solchermaßen gut gerüstet laufe ich los Richtung Metro – dieses Schild hatte ich bereits gesehen, nur war ich da noch auf der Suche nach der Bushaltestelle, wie ich vorher in verschiedenen Wegbeschreibungen gelesen hatte, die Metro ist offenbar noch sehr neu.

Auf dem Weg dorthin spricht mich ein junges Mädchen mit Rucksack an. Die erste Pilgerin! Ich hatte sie vorher schon aus der Entfernung gesehen, sie hatte mit ihrem Freund vor dem Flughafengebäude bei den Bussen gesessen und ebenfalls nach einem Bus Ausschau gehalten. Nun fragt sie mich, ob ich auch auf den Camino wolle. Die beiden sind auch Deutsche, aber sie wollen mit dem Bus nach Lugo und von dort auf den Camino Primitivo starten. Ich erkläre ihr, dass ich zuerst nach Fatima möchte und dann ab Coimbra laufen werde, aber dass die Überlandbusse meist alle von einem zentralen Busbahnhof aus fahren, und der ist in der Innenstadt. Aber sicher kann man auch ihr an der Information weiterhelfen.

Einen jungen Mann, der vorbeiläuft, frage ich, welche Metro nach Porto in die Innenstadt fährt. Er sieht mich zunächst etwas verdutzt an, offenbar gibt es hier nur eine. Er zeigt mir, wo sie abfährt und hilft mir sogar noch beim Entwerten des Tickets, dann sitze ich endlich in der Bahn. Die braucht eine knappe halbe Stunde. Als wir uns der Innenstadt nähern, fährt sie unterirdisch weiter und schließlich kommen wir zur Station Bolhao – spricht sich ‚Buljau" und klingt ein bisschen wie ‚Boullion'. Ein paar Dinge habe ich schon gelernt – ‚o' ist ein U-Laut, ‚hao' ist ‚jau'. Ich steige also Bolhao aus und fahre auf der Rolltreppe nach oben – und stehe direkt vor dieser berühmten portugiesischen Kirche mit den blauen Kacheln, ‚Azulejos' genannt. Die Capela das Almas liegt in der Rua Santa Catarina, durch die ich Richtung Douro zum Busbahnhof laufen muss. Die Rua Santa Catarina ist, wie sich zeigt, die Hauptgeschäftsstraße, gesäumt von kleinen Boutiquen und sonstigen Geschäften und es ist ziemlich viel Betrieb. Zum Busbahnhof von Rede Expressos, der portugiesischen Überlandlinie, sind es etwa 10–15 Minuten, der Weg führt vorbei an der zweiten von vielen Fotos bekannten Azulejo-Kirche, San Ildefonso. Alles klappt wie am Schnürchen. Als ich am Busbahnhof ankomme, fährt der nächste Bus nach Fatima in ca. einer halben Stunde. Ich kaufe mein Ticket und habe glatt noch Zeit für das 12-Uhr-Bier – man muss ja nicht mit allen Traditionen brechen!

Das 12-Uhr-Bier hatten wir, mein damaliger Lebensgefährte – von meinem Sohn und mir genannt „der Lange" (weil später mal jemand gesagt hat, „der ist gar nicht groß, der ist nur lang") - und ich, auf unserem ersten Jakobsweg eingeführt. Damals in 2006 waren wir den Camino Francés von Leon nach Santiago gegangen. Ich habe früher im Urlaub immer scherzhaft gesagt, ‚kein Alkohol vor 12.00 Uhr'. Als wir dann 2006, teilweise bei ziemlicher Hitze, unterwegs waren, haben wir meist sehnlichst auf diese 12.00 Uhr gewartet und sind dann halbverdurstet und ausgehungert in die nächste Bar eingefallen und haben neben dem obligatorischen Bocadillo zwei große Bier bzw. Radler bestellt. Und dann war dieses 12-Uhr-Bier im Urlaub regelrecht Tradition geworden.

Ca. 2 Stunden braucht der Bus bis Fatima. Unterwegs esse ich die letzten Witzenhäuser Zwetschen, die ich noch dabei habe. Rechts der Strecke, Richtung Meer, ist es ziemlich eben. Links, wo ich die Ortsnamen lese, durch die ich auch laufen werde – Mealhada, Agueda, Coimbra – eher hügelig. Wie gesagt, der

Bus braucht gut 2 Stunden – ich werde zurück etwa 5 Tage brauchen. Pilger sind schon ein bisschen verrückt!
Der Himmel, in Porto noch verhangen, wird auf jedem Meter blauer und sonniger. Schließlich steige ich in Fatima im schönsten Sonnenschein und unter strahlend blauem Himmel aus. Das Santuario ist ausgeschildert, es kann nicht verkehrt sein, sich daran zu orientieren, schließlich soll das reservierte Hotel nah beim Santuario liegen.

Vor Antritt der Reise habe ich quasi einen Crash-Kurs Portugiesisch gemacht. Ich hab die Mutter eines früheren Mitschülers von Luis, eine Portugiesin, gefragt, ob sie mir etwas zur Aussprache sagen und mir ein paar Sätze mitgeben kann. Dann bin ich mit einem Buch zum Grundwortschatz in der Tasche zu ihr gegangen. Zweimal war ich bei ihr und habe so einige Grundbegriffe und wichtige Fragen gelernt. Ich probiere mein neues Wissen also aus und frage eine Frau auf der Straße nach der Adresse des Hotels – und sie versteht mich, ohne auch nur nachzufragen. Und ich verstehe, was sie mir sagt! Ich bin ganz begeistert und rufe sofort meine Mutter an, um ihr zu berichten, dass ich offenbar mit der Sprache keine Probleme habe. Das hebt meine ohnehin sehr gute Stimmung nochmal beträchtlich und ich mache mich zu Fuß auf den Weg, obwohl die Frau mir gesagt hat, das sei aber „ziemlich weit, ganz auf der anderen Seite des Santuarios“. Ich überlege zwar kurz, mir ein Taxi zu suchen – aber ich kann ja wohl nicht auf dem ersten Laufstück meines Camino in ein Taxi steigen. Ich laufe also die Straße entlang in Richtung Santuario, vorbei an unzähligen Andenkenläden mit Heiligenbildern, Figuren, Ketten, Anhängern, Kerzen – das gesamte Wallfahrtssortiment. Wie sich schließlich herausstellt, ist es gar nicht so weit bis zum Hotel. Man merkt wieder, dass die Vorstellung von „weit“ doch sehr individuell ist. Nach etwa 25 Minuten und weiteren zwei Mal Nachfragen stehe ich vor dem Rosa Mistica. Ich bin in der Tat um die Kathedrale und das Santuario herum gelaufen, habe den großen Platz einmal überquert und muss hinter dem Platz etwa genauso weit laufen, wie vorher von der Busstation zum Santuario - insgesamt aber keine Strecke für einen Pilger.

Das Hotel ist ok, nichts Besonderes, aber ordentlich. Das Zimmer ist im Vergleich zu einigen anderen, die wir die letzten Male hatten, riesig! Zwei große Einzelbetten, auf einem davon breite ich gleich meinen ganzen Rucksackinhalt aus. Vom Balkon aus ist tatsächlich die Kathedrale zu sehen, also keine leeren Reisekatalogversprechungen.

Ich mache mich nach der Reise erst mal frisch, ziehe ein trockenes Shirt an und dann will ich das Santuario und die Kathedrale sehen. Ich laufe also wieder den halben Weg zurück und komme erneut auf den großen Platz zwischen der alten Kathedrale, dem Santuario und der neuen, großen Wallfahrtskirche. Die neue Wallfahrtskirche ist riesig, sehr modern und schlicht und trotzdem schön, wie ich finde. Ein gigantisches Goldmosaik zieht sich über die gesamte Stirnseite hinter dem Altar, ein sehr modernes Kreuz mit Jesusfigur und eine überlebensgroße Madonna. Im Hintergrund leise Chormusik, nur wenige Menschen in der Kirche. Auch wenn viele sagen, sie finden die neue Wallfahrtskirche schrecklich – das goldene Altarbild, die leise Musik, dieser weite Raum, auf mich wirkt es andächtig und schön.

Dann will ich rüber zum Santuario. Als ich die Kirche verlasse, sehe ich über mir große Netze, die über den Weg gespannt sind, darin Engel aus Metallfolie mit Musikinstrumenten in den Händen. Ich finde es schön, über mir so die Engel schweben zu sehen. Sicher, ein bisschen kitschig ist es, aber mir gefällt es trotzdem. Es ist ein Gefühl, als würden die Schutzengel über mir wachen.

Kurz vor dem Santuario steht ein Schild, „Velas“ – das sind Kerzen. Oh ja, denke ich, ich will Kerzen anzünden für meine Lieben. Also gehe ich dem Schild nach und stehe vor großen Plastikwannen, in denen Kerzen in allen Größen angeboten werden. Ich entscheide mich für eine mittlere Größe und kaufe Kerzen für meine ganze Familie und nehme noch eine zusätzlich für den Münchner, der letzte Woche in der S-Bahn von München getötet wurde, weil er ein paar Kindern gegen zwei Schläger beistehen wollte. Augenzeugen gab es genug, geholfen hat sonst niemand, wie immer. Ich frage mich mal wieder, ob ich den Mut aufbringen würde, so etwas zu tun. Ich hoffe ja, aber man kann das nie so genau sagen. Jedenfalls ist er für mich ein wirklicher Held. Er hatte keine eigenen Kinder und trotzdem hat er versucht, die angegriffenen Kinder zu schützen. Wie viele der anderen, die alles mit angesehen haben, wohl selbst Kinder haben und froh wären, wenn im gleichen Fall ihrem Kind jemand beistehen würde? Jedenfalls hat er sich mehr als eine Kerze verdient, auch wenn keines der Kinder meines war. Auch in Frankfurt ist so etwas Realität.

Ich will also mit meinen soeben erstandenen Kerzen zum Santuario, aber die Kerzen werden gar nicht im Santuario aufgestellt. Kurz davor ist eine Mauer, vor der eine Art große Metallwanne befestigt ist, die überdachte Wand ist ebenfalls mit Metall ausgekleidet und über der Wanne gibt es Kerzenhalter in den Größen der verschiedenen angebotenen Kerzen. Wenn man die Kerzen hineinsteckt, tropft das Wachs in die Wannen, wenn genug hineingetropft ist und das letzte Stückchen mit glimmendem Docht durch das Loch rutscht, entzündet sich das Wachs in den Wannen und es gibt große Stichflammen, die die übrigen noch brennenden Kerzen nun zusätzlich von unten schmelzen lassen. Dadurch tropft verstärkt Wachs in die Wannen und nährt die lodernden Flammen, die noch höher brennen und die Kerzen noch schneller verbrennen lassen. Das Ganze ist irre heiß und hat den Anschein eines irdischen Fegefeuers. Und wie clever! Auf diese Weise verbrennen die Kerzen viel schneller und neue Wallfahrer können wieder neue Kerzen aufstellen, was wieder mehr Geld in die Kassen fließen lässt. Sicher, der Kommerz ist hier ebenfalls allgegenwärtig.

Im Santuario stehen an der Stelle, an der die Madonna den Hirtenkindern erschienen sein soll, eine Madonnenfigur und eine kleine Kapelle. Das Ganze ist mittlerweile komplett überdacht, drum herum stehen Bänke. Es gibt einen Altar und alles wird grade für eine Messe vorbereitet. Eine ältere Frau mit einem schlafenden Baby auf dem Arm, sicher die Oma, rutscht auf Knien die ganze Strecke um Altar, Kapelle und Madonna herum. Ob das Baby krank ist oder ob sie allgemein für sein Leben, seine Gesundheit bittet? Jedenfalls beginnt dann eine Messe auf Italienisch. Eine große Gruppe italienischer Pilger, überwiegend junge Leute in dunklen Kostümen und Anzügen, feiert diese Messe. Ich höre eine Weile zu, gehe aber dann in Richtung der alten Kathedrale. Vorher sehe ich mir die riesigen Kreuzweg-Mosaiken rechts und links der Kathedrale an. Als ich schließlich die Kathedrale betrete, ist auch dort grade eine Messe im Gange und ich setze mich auf einen leeren Platz. Zwar sind derzeit offensichtlich nicht sehr viele Besucher in Fatima, aber die Messe ist dennoch gut besucht. Vorne links stehen frische Blumen und Kränze und es sieht so aus, als habe kürzlich eine Beerdigung stattgefunden. Nach der Messe gehen viele Menschen dorthin, um kurz zu beten und auch Blumen abzulegen. Später stelle ich fest, das war gar keine kürzliche Beerdigung - hier ist das Grab von Jacinta, einem der Hirtenkinder, denen die Madonna in Fatima erschienen war. Sie wird von den Menschen hier sehr verehrt.

Nach der Messe gehe ich zurück zu der neuen Wallfahrtskirche. Vor dieser ist ein unterirdischer Bereich, den ich noch nicht angesehen habe. Dort gibt es zwei kleine Innenhöfe rechts und links der Treppe, die zur Decke offen sind und gegenüber auf der einen Seite eine schmucklose Andachtskapelle. Auf der anderen Seite ist Gelegenheit zur Beichte, ständig, den ganzen Tag lang und in allen möglichen Sprachen.

Und plötzlich habe ich den dringenden Wunsch, dieses Angebot anzunehmen.

Ich bin bestimmt seit 30 Jahren nicht mehr zur Beichte gegangen. Ja, gelegentlich zur Bußandacht, etwa Weihnachten oder Ostern, aber schon ewig nicht zur Beichte. Ich denke an all den bitteren Hass, den ich während des vergangenen Jahres empfunden habe. Regelrechte Gewaltphantasien hatte ich gegen meinen Ex und seine Neue, ich bin selbst manchmal erschrocken vor der Bösartigkeit meiner eigenen Gedanken, aber dennoch konnte ich sie nicht mal bereuen. Aber heute, hier zwischen den betenden Menschen, angesichts der tiefgläubigen Portugiesen wie eben jener Großmutter, die mit dem Baby im Arm auf Knien die Erscheinungskapelle umrundet hat, habe ich das dringende Bedürfnis, meinen Camino wie man so schön sagt, „mit reinem Herzen“ zu beginnen.

Ich erinnere mich daran, wie ich im Sommer als Training den Lahn-Camino – Wetzlar nach Lahnstein – gelaufen bin. Ich war vom ersten Tag an entspannter als ich es in Monaten gewesen war und habe den Weg wirklich genossen. Es war anders als auf dem Jakobsweg in Spanien, aber man trifft auch dort Leute, mit denen man sofort diese „gleiche Wellenlänge“ spürt, wie auf dem Camino in Spanien. So habe ich z.B. einen Abstecher gemacht zum ehemaligen Kloster Pfannstiel. Als ich dort durch den Wald lief, kam ich an einer Stelle vorbei, wo ein älterer Mann ganz alleine mitten im Wald, neben einem Holzkreuz aus zwei zusammen gebundenen Ästen, den Waldboden mit dem Rechen glättete und Steine aufhäufte. Er fragte mich, ob ich etwas suche und ich fragte ihn, ob das die Stelle sei, an der das Kloster Pfannstiel gestanden habe. Er war ganz begeistert und erzählte mir, dass er seit Jahren daran arbeite, die Reste des Klosters freizulegen. Er ist auch schon mal ein Stück Jakobsweg gelaufen, Sarria bis Santiago und war dann in Santiago im Museum und in der Kathedrale. Und dort im Museum hat er durch Zufall eine Karte gefunden, die nachweist, dass der Jakobsweg an diesem Kloster vorbei geführt hat. Schon lange hatte er nach einem solchen Beweis gesucht, aber vergeblich. Er war sehr stolz auf seine Entdeckung, die der Zufall ihm beschert hatte. Wie er mir noch erzählte, hatte seine Frau heute zu ihm gesagt, „geh nur wieder in Deinen Wald, es kommt sowieso niemand, den es interessiert" - und dann war ich vorbei gekommen und wir haben uns beide gefreut über das nette Gespräch.

Damals auf dem Lahn-Camino stand ich am Morgen der zweiten Etappe auf dem Kalvarienberg in Weilburg und habe ein Vaterunser gebetet, wie Simono im Pilgerforum es mir ans Herz gelegt hatte, aber in der Version, in der ich es seit Monaten schon betete. Bei mir hieß es, „und vergib uns unsere Schuld, wie auch wir *versuchen zu vergeben* unseren Schuldigern" – und in diesem Moment habe ich gedacht, „nein, das tust Du eben nicht! Du hast es noch kein einziges Mal ernsthaft getan – versucht zu vergeben." Ein guter Freund hat schon letztes Jahr zu mir gesagt, dass ich versuchen muss zu vergeben – nicht um seinetwillen, sondern um meiner selbst willen. Dass ich nicht glücklich werden kann, ehe ich nicht vergeben kann und dass ich nur immer unglücklicher und verbitterter werde, wenn ich es nicht versuche. Und an diesem Tag, auf dem Kalvarienberg in Weilburg, habe ich es glaube ich zum ersten Mal ernsthaft versucht.

Vergeben heißt nicht, in irgendeiner Weise gutzuheißen, was geschehen ist, oder auch nur irgendwie eine Rechtfertigung zu finden, für sich selbst oder für den Anderen. Ich habe in diesem Moment nur endlich akzeptieren können, dass sein Verhalten nicht in der Absicht war, mir wehzutun. Sondern weil es für ihn selbst in diesem Moment scheinbar das Beste und Richtige war. Er hat es quasi ‚*für sich*' getan und nicht ‚*gegen mich*'. Ich hatte nach dieser Tour das Gefühl, einen riesigen Schritt in die richtige Richtung getan zu haben. Und in diese Richtung wollte ich jetzt, mit meiner Beichte, weiter gehen.

‚Beichten' sieht in Portugal vom Ablauf her schon mal ganz anders aus, als wir das kennen: Wir sitzen im dunklen Beichtstuhl, durch einen Sichtschutz vom Pfarrer getrennt und beide sprechen leise, damit auch nichts nach außen dringt. Das Gesagte bleibt dort drinnen, die Situation ist anonym. Ich betrete also die kleine – ich nenne es mal „Beichtkammer". Sie ist hell erleuchtet, der englischsprachige Pfarrer sitzt in einem Stuhl, vor ihm ein Tisch und davor ein weiterer Stuhl. Irgendwie fehlen nur eine Teekanne und zwei Tassen für ein gemütliches Beisammensein. Wenn man das erstens 30 Jahre nicht gemacht hat und zweitens die Situation so ganz anders ist, als man sie kennt, ist man schon zunächst gehemmt. Aber der Pfarrer ist sehr freundlich, stellt auch Fragen und dann sprudelt es irgendwann einfach so heraus. Wie mein damaliger Lebensgefährte und ich zusammen auf unserer dritten gemeinsamen Jakobswegetappe diese Frau kennen gelernt hatten. Wie er mich nach der Rückkehr von einem Tag auf den anderen verlassen hatte, um zu ihr zu ziehen, all meine Gedanken und Gefühle, die mich letztes Jahr gequält haben. Dass er mich in der schlimmsten Zeit meines bisherigen Lebens, als mein Vater todkrank war, so bitter im Stich gelassen hatte, nachdem ich ihm jahrelang in allen Schwierigkeiten beigestanden und ihn immer wieder aufgerichtet hatte, wenn er am Boden war. Auch was ich danach noch alles erfahren hatte und wie ich angefangen habe, mir die schrecklichsten Dinge auszumalen, die den beiden zustoßen sollten. Wie ich mich dafür schämte, dass ich oft so gedacht hatte, dass ich immer wieder versuchen wollte, es zu bereuen – und es nicht mal bereuen konnte. Ich bin wirklich ehrlich in diesem Moment. Na ja, das bin ich ja meistens. Der Pfarrer ist auch weiterhin sehr freundlich, sagt, dass man diese Gefühle durchaus verstehen könne, dass ich aber trotzdem fest versuchen solle, zu vergeben.

Als ich schließlich wieder draußen bin, fühle ich mich unendlich erleichtert und auch irgendwie sehr froh. Ich habe wirklich das Gefühl, ich mache einen neuen Anfang. Ich gehe jetzt meinen Weg, diesen Weg, den Camino Portugués, alleine und ganz und gar positiv gestimmt. Lasse alles auf mich zukommen, voll Erwartung und Neugier.

Ich kaufe dann noch ein paar Fatima-Mitbringsel ein – möglichst Leichte natürlich, schließlich muss ich sie noch über 400 km weit tragen! Also Kettenanhänger und dergleichen. Und dann muss ich erst einmal was essen gehen. Ein neuer Anfang macht offenbar auch hungrig.

Nach dem Essen gehe ich nochmal zurück zum Santuario, noch eine einzelne Kerze anzünden für meinen verstorbenen Vater. Eine ganz Große. Jetzt ist es viel ruhiger, keine Flammen mehr aus dem Metallbecken, die Kerzen brennen ruhig und stetig und diese hier hoffentlich ganz lange.

Als ich zurück ins Hotel komme – spucke ich erst mal das ganze Essen wieder aus. Habe ich zu spät, zu schnell, zu viel gegessen? War ich zu aufgeregt? Na ja, denke ich ironisch, ist ja dann auch irgendwie eine „innere“ Reinigung. Jedenfalls, als es raus ist, dusche ich und dann geht es mir besser. Ich freue mich auf morgen und auf Coimbra. Und schlafe richtig gut.

Freitag, 18. September - Coimbra

Eigentlich wollte ich den 11.40 Uhr Bus nach Coimbra nehmen, habe mich dann aber doch für den früheren um 10.00 Uhr entschieden – außer dem Santuario gibt es hier nicht viel zu sehen und alle Läden in Fatima haben sowieso dasselbe und das habe ich alles gestern schon gesehen. Da es hier, wie erwartet, keine „Hand der Fatima“ gibt, die meine Schwester sich gewünscht hat – das ist ein sehr bekanntes, aber moslemisches Symbol - kaufe ich für Petra noch schnell eine Karte mit Fatima-Anhänger und gehe dann zum Bus.

Halt – erst noch einen Stempel holen im Santuario. Nachts hat es offenbar sehr geregnet, ich bin einmal aufgewacht davon, aber am Morgen ist es trocken.

Der vorherige Bus, der 9.30 Uhr hätte fahren sollen, hat Verspätung, sagt mir die junge Frau an der Kasse, als ich die Fahrkarte für 10.00 Uhr kaufen will. Weil der Busfahrer noch nicht fertig gefrühstückt hat, wie sich herausstellt. Er kommt nämlich in aller Gemütsruhe aus der Bar und wischt sich noch den Puderzucker aus dem Bart. Man stelle sich bitte nicht vor, dass er auch nur das geringste Anzeichen von Eile zeigt. Aber so fahre ich schließlich sogar noch einen weiteren Bus früher. Nun gut, das heisst, mehr Zeit für Coimbra.

Unterwegs regnet es plötzlich heftig, die Scheibenwischer des Busses werden der Wassermassen kaum Herr. Oh je, denke, ich, das fängt ja gut an. Aber als wir in Coimbra ankommen, ist es trocken und der Himmel reißt auf. Wie damals, am Cruz de Hierro und über Galizien: Wir waren auf unserem ersten Camino unterwegs, es hatte am zweiten Tag immer mal geregnet und überwiegend war der Himmel grau und verhangen. Es gab nur ein kleines Stückchen blauen Himmels, das sich über uns und mit uns weiterzubewegen schien. Wir fühlten uns regelrecht als vom Himmel Begünstigte, mit unserem blauen Fleckchen Himmel über uns. Dann am dritten Tag war der Himmel noch dunkler, es regnete nicht richtig, aber die Luft selbst war nass und schwer. So erreichten wir Fonçebadon und das Cruz de Hierro und legten beide unseren mitgebrachten Stein ab, stiegen auf den Berg aus Steinen hinauf und machten die obligatorischen Fotos. Und just in diesem Moment riss über uns die Wolkendecke auf und der blaue Himmel und helle Sonnenstrahlen blitzten hervor. Das war wirklich ein Anblick, als würde der Himmel selbst aufreißen, das Blau setzte sich fort nach Galicien hinein und als wir weitergingen, lag hinter uns eine schwarze Wolkenwand und vor uns zeigten ein blaues Stück Himmel und Sonnenstrahlen auf Galizien wie ins verheißene Land! Ich erinnere mich noch gut, wie wir Hand in Hand weitergingen und uns vorkamen, als habe uns grade jemand reich beschenkt.

In Coimbra laufe ich auf der Suche nach der Tourist Info und einer günstigen Pension bis zur Praça de la Republica. Die Tourist Info finde ich trotz mehrmaligen Nachfragens nicht, sehe aber unterwegs eine Pension nahe der Uni und frage dort nach. Ja, es ist ein Zimmer frei, im 4. Stock – „aber das werde mir ja sicher nichts ausmachen“ sagt der junge Mann an der Rezeption mit Blick auf meinen Rucksack. Nein, tut es nicht. Ich bin ja mit dem Bus gekommen, grinse ich in mich hinein.

Vier Stockwerke machen mir erst ab 40 km Tagesleistung aufwärts etwas aus, wie damals in Fisterra, in der Hospedaje Lopez. Wir hatten uns auf der letzten Etappe vor Fisterra, die ohnehin über 30km lang war, in Corcubión auch noch verlaufen und einige Kilometer Umweg zusätzlich hinter uns gebracht, noch dazu in gnadenloser Hitze, als wir endlich in Fisterra ankamen und die von einigen Pilgern empfohlene Hospedaje Lopez ansteuerten. Es gab Zimmer mit und ohne Hafenblick. Natürlich wollten wir eines „mit". Allerdings waren diese nur im 4. Stock! – Das war dann irgendwie der höchst gelegene 4. Stock, in den ich je aufgestiegen bin, mit Beinen schwer wie Blei und der Lange witzelte unterwegs gar was von „aufgeben und liegen bleiben".

Hier und heute ist es erst halb 12, aber ich darf den Rucksack schon mal ins Zimmer stellen. Die Aussicht ist nett, das Zimmer sehr alt und abgewohnt, aber ok. Da es auf dem Weg durch die Stadt ziemlich heiß geworden ist und ich wegen des Rucksacks schon wieder nass geschwitzt bin, dusche ich schnell und ziehe mir etwas Frisches an. Heute Abend muss ich mir den Wetterbericht ansehen und will dann meinen Rucksackinhalt noch mal ‚überarbeiten'.

In der Stadt schaue ich mir zwar die Universitätsgebäude an, in die berühmte Bibliothek gehe ich aber nicht. Vielleicht später, aber erst mal alles von außen anschauen. Das Wetter wird immer besser. Die Sé Nuova, die neue Kathedrale und die Sé Velha, die alte Kathedrale, die Treppe der Minerva, die Altstadt. Neben der Sé Velha ist ein Restaurant, in dem ein paar Gäste sitzen, Touristen wie mir scheint. Daneben ist eine kleine Bodega, die mehr nach Einheimischen aussieht – und klingt. Es ist ziemlich laut und so wähle ich letztere.

Es gibt nur ein Gericht, wie der Kellner mir erklärt, einen Grillteller. Noch weiß ich nicht, dass das fast immer das Tagesgericht sein wird. Offenbar sind die Portugiesen die Grillmeister Europas. Dazu gibt es Reis mit Bohnen – was ich nicht gleich verstehe, aber ich nicke sowieso – ich esse fast alles, Hunger habe ich eh genug und der Kellner kommt gleich mit einem Teller und einem großen Steinguttopf wieder, aus dem er mir die Beilage auf den Teller schaufelt, bis ich Stopp sage. Dann bringt er mir einen Teller mit diversen Grillsteaks und Würstchen. Dazu gibt es eine 0,5 Liter Karaffe Rotwein und eine große Flasche Wasser. Zum Dessert bietet er mir einen richtig tollen Obstsalat an, ich nehme noch einen Espresso und denke, ‚na prima, da hast Du wohl gleich am ersten Tag das Budget voll überzogen‘. Aber es kostet dann ganze 12 Euro für alles und ich bin erst mal platt. In einer Stadt wie Coimbra hatte ich ehrlich mit mehr gerechnet. Aber das sollte für eine ganze Weile meine höchste Rechnung bleiben.

Als ich rauskomme, ist kein Wölkchen mehr am strahlend blauen Himmel und ich kann noch nicht ahnen, dass es für den Rest meines Weges so bleiben soll. Auf dem Weg durch die Stadt sehe ich mir unterwegs die offenen Kirchen an. In einer sitzt der Pfarrer auf einem kleinen Stuhl in einer Nische, alles ganz offen. Davor steht ein kleiner Knie-Schemel. Ein Mann, der in Anzug und mit Aktenkoffer zur Tür herein kommt, geht gradewegs darauf zu und kniet nieder. Der Priester nimmt ihm offenbar die Beichte ab – wahrscheinlich hat er eben jemanden übers Ohr gehauen, denke ich ein bisschen boshaft, aber die Situation ist genauso – so ‚offen‘ – wie in Fatima. Ich bin schon etwas überrascht und irritiert. Wenn ich Portugiesisch verstünde, könnte ich wahrscheinlich sogar verstehen, was gesprochen wird.

Schließlich entscheide ich mich, eine Touristen-Tour im Open-Top-Bus durch ganz Coimbra zu machen. Bevor der Bus losfährt – die Haltestelle liegt in Bahnhofsnähe – mache ich mich noch schnell auf, die ersten Pfeile zu suchen. Am Bahnhof soll es welche geben, hatte Hans, ein Pilgerfreund aus dem Forum, mir geschrieben. Und siehe da – direkt neben dem Bahnhof finde ich tatsächlich den ersten gelben Pfeil! Ich bin so glücklich und aufgeregt, als ich ihn sehe, das kann nur jemand verstehen, der auch schon Jakobswege gelaufen ist. Das ist wie Weihnachten und Ostern gleichzeitig!

Die Touri-Tour im Open-Top-Bus führt weiträumig durch und um Coimbra. Man kriegt einen Kopfhörer, stellt seine Muttersprache ein – oder was für eine auch immer, ich teste auch Englisch und Spanisch – und bekommt Infos zu allen Stationen. Weiter außerhalb des Stadtkerns hat Coimbra riesige, tolle Einkaufszentren. Zu anderen Zeiten hätte es mich brennend interessiert, dort auszusteigen und mich mal umzusehen – aber ... ja, wozu? Man sieht wieder nur Dinge, die man gerne kaufen möchte und hier gilt das Gleiche, wie bei den Mitbringseln aus Fatima: Ich werde sie noch über 400km weit schleppen müssen! Also besser gar nicht erst hingehen.

Was ich allerdings vom Bus aus gesehen habe und was leider recht weit außerhalb war, was ich aber auf jeden Fall besuchen möchte, wenn ich noch mal nach Coimbra kommen sollte: Die Kirche San Antonio de Padua auf dem Hügel über dem neuen Teil der Stadt. Bisher wusste ich nicht mal, dass der heilige Antonius von Padua – den Dom in Padua habe ich schon mal besucht – aus Coimbra stammte. Außerdem möchte ich beim nächsten Mal noch das alte Kloster bzw. die Klosterruine Santa Clara besuchen, die auch auf der Seite des Mondego mit der „neuen“ Stadt liegt.

Ich fahre über den Endpunkt der Rundfahrt hinaus noch ein Stück mit, bis ich näher bei meinem Hotel bin. An der Praça de Republica steige ich aus und sehe mir noch den botanischen Garten an, der neben dem Aquädukt durch ein schönes Portal zugänglich ist. Es dämmert schon und scheinbar sind keine Besucher mehr im Park. Während ich mir den Brunnen kurz hinter dem Eingang anschaue, kommt von weiter hinten aus den Bäumen ein Mann Richtung Eingangstor, bleibt stehen, pinkelt an einen Baum und schlägt die letzten Tropfen sorgfältigst ab … bin sicher, dass er mich gesehen hat. Ich denke an die regelmäßigen Beschwerden im ‚Pilgerforum Camino Portugués' über Exhibitionisten auf dem Weg und an den Bericht der Pilgerin Qalli, die vor zwei Wochen sogar von einem Exhibitionisten angegriffen worden ist. Wegen dieser Episode habe ich sogar meine Etappenplanung geändert und auch zum ersten Mal ein Pfefferspray dabei. Jetzt frage ich mich langsam, ob Exhibitionismus eine Art Volkssport der portugiesischen Männer ist. Zumindest kommt dieser hier nicht in meine Nähe und ich verlasse den Park unbehelligt. Mein Spezialvokabular, das ich mir für diese Fälle von der Nachbarin zu Hause hab mitgeben lassen, bleibt ungenutzt. Aber mir ist auch die Lust vergangen, weiter in den dämmrigen Park hinein zu laufen.

Ich gehe also zurück zur Praça und trinke mein Gute-Nacht-Bier – oder vielleicht waren es auch zwei ...

Zurück im Hotel ‚überarbeite' ich dann meinen Rucksack. So warm, wie es heute war und angesichts des Wetterberichtes ist es unwahrscheinlich, dass ich die Fleecehose und das Fleeceshirt brauchen werde. Zum Glück habe ich wie immer Sachen mitgenommen, die ich eigentlich in den Kleidersack stecken wollte, die sortiere ich jetzt aus und morgen werde ich sie entsorgen. Sollte es in Galizien doch noch mal so kalt werden, dass meine anderen Kleidungsstücke nicht reichen, kaufe ich mir lieber noch einen warmen Pullover oder eine Strumpfhose, eh ich das alles die ganze Zeit durch die Hitze schleppe. Morgen! Morgen geht es auf die erste Laufetappe. Heute bin ich 19.788 Schritte durch die Stadt gelaufen, ab Verlassen des Busses am Busbahnhof, ca. 14km. Und vorher schon mal bestimmt 2km in Fatima.

Heute war ein schöner, ganz und gar entspannter Tag.

Morgen.

Ich freue mich so sehr.

Fatima

Vor der Sé Velha in Coimbra

Samstag, 19. September - Mealhada

Um fünf Uhr werde ich wach – mein Fiakerfahrer ist in Panik, unterwegs könnte vielleicht nicht rechtzeitig ein Klo in der Nähe sein. Um halb sieben meldet er sich erneut. „Fiaker?“ – fragen sich jetzt einige. Bei uns zu Hause wüsste da jeder Bescheid. Das ist eine nette Umschreibung für die Tatsache, dass meine Verdauung sich meldet. Kommt von einem alten Witz: In Wien verspürt der Herr Baron eines Morgens Lust auf eine Fiakerfahrt durch den Prater. Also ruft er sich einen Fiaker und fährt los. Unterwegs ergreift ihn ein furchtbares Bauchgrimmen und er muss unbedingt auf die Toilette, ganz dringend. Es ist aber keine in der Nähe und so erledigt er seine Notdurft in der Kutsche, deckt anschließend seinen Zylinder drüber und gibt dem Fiakerkutscher ein fürstliches Trinkgeld. Einige Wochen nach diesem Erlebnis möchte der Baron morgens gerne wieder einmal durch den Prater fahren, er lässt einen Fiaker rufen und wie der Zufall es will, ist es der gleiche Kutscher. Der sieht den Baron und sagt im schönsten Wienerisch: „Grüß Gott, Herr Baron, fohr mer wieder scheißn?“ - Nachdem wir den zum ersten Mal gehört hatten, vermeldete irgendwann natürlich mein Papa, der im Kundtun dieser Bedürfnisse immer sehr erfinderisch war, „ich glaube, ich höre den Fiaker kommen“, und wir alle wussten sofort, was gemeint war. Und so ist diese Wendung bei uns sozusagen ins allgemeine Vokabular eingegangen.

Meinen Wecker hatte ich auf 07.30 Uhr gestellt, weil es erst ab 08.05 Uhr Frühstück geben sollte. - Wieso eigentlich 08.05 Uhr? Nicht 08.00, nein, 08.05 Uhr. - Na ja, ich steh also auf, ordne noch mal mein Gepäck neu und mache die Tüte mit ganz warmen Sachen zum Wegwerfen fertig. Gestern Abend habe ich noch spät in meiner dünnsten Hose an der Praca gesessen. Nee, so bald werde ich die Fleecesachen nicht brauchen.

Bis 08.05 Uhr habe ich schon meinen Rucksack runter getragen und mein Zimmer bezahlt. Und nun ist 08.05 Uhr schon eine Weile vorbei. Ich will grade an der Rezeption fragen, als sich in der Küche etwas regt. Die Durchreiche geht auf und ich sehe, wie eine große Blechkanne auf den Gasherd geschoben wird – der Kaffee wird aufgewärmt. Na ja, mit viel Milch lässt er sich grade so trinken, die Brötchen haben die im Süden übliche styroporartige Konsistenz, aber ich habe eh nicht viel Hunger, ich bin viel zu aufgeregt.

Endlich raus! Der Himmel ist blau und die Sonne scheint. Im nächsten Müllcontainer verschwindet die Fleecesachen-Tüte und ich marschiere am Aquädukt entlang bergauf Richtung Universität. Auf der anderen Seite des Altstadthügels glitzert der Mondego in der Sonne, meilenweit ist nur blauer Himmel zu sehen. Auch für heute war wieder Regen angekündigt – nun, von mir aus kann es so bleiben. Ich gehe flott Richtung Bahnhof, wo ich ja die ersten Pfeile weiß. Sie sind in der Stadt dicht genug, um sie leicht zu finden. Den Mondego entlang marschiere ich stadtauswärts, wobei ich auf dem Bürgersteig echt aufpassen muss, mir nichts zu brechen. Das wär schon echt blöd, am ersten Tag. Aber die Bürgersteige hier sind durch schiebende Baumwurzeln derart kaputt, da ragen große Betonteile fast im 45-Grad-Winkel in die Luft. Ups, da würde bei uns sofort gegen irgendwen geklagt, auf Schadensersatz und Schmerzensgeld. Und in Amerika erst. Nicht mal ein Schild steht da – „Begehen auf eigene Gefahr“ oder so. In Ami-Land müssen die Bedienungsanleitungen von Mikrowellen „nicht zum Trocknen lebender Tiere geeignet“ enthalten, weil mal eine ihre Katze drin trocknen wollte und der das nicht wirklich gut bekommen ist. Auf die große Pyramide in Chichen Itzá darf man nicht mehr rauf – nicht etwa weil das den Bauwerken schadet, sondern weil eine dicke Amerikanerin bei 40 Grad im Schatten oben verendet ist und ihre Familie geklagt hat, unten hätte stehen müssen „Besteigung bei 40 Grad Hitze für übergewichtige, untrainierte Amerikanerinnen lebensgefährlich!“. Jedenfalls hat es der Reiseleiter damals so erzählt. Und glaubwürdig fand ich die Story schon …

Bald ist der Stadtrand erreicht. Ein Mann steht alleine am Ufer des Mondego und ich merke, dass ich nach der Geschichte von Qalli ein Problem habe, nicht in jedem Mann, der irgendwo alleine steht, einen potentiellen Vergewaltiger zu sehen. Ich vermeide Blickkontakte und grüße kaum – ganz anders als sonst. Aber der hier angelt nur und ich entspanne mich wieder. Schon blöd, wie einen so was beeinflusst, dabei habe ich in den letzten Jahren noch in keinem Forum etwas Derartiges gehört. Mein Hausarzt hatte beim letzten Termin, als der Vorfall zur Sprache gekommen war, sehr weise gesagt, „wie oft kommt so etwas vor? Das passiert Ihnen viel eher im Haupt-Urlaubsgebiet an der Costa Brava nach dem Disco-Besuch!“ Da ist viel dran, aber trotzdem – ein Unbehagen, das da vorher nicht war, bleibt. Klar, diese Beschwerden wegen Exhibitionisten auf dem Camino, besonders auf dem Portugués, hat es immer wieder gegeben. Ich denke auch an meine Studienzeit, als ich einmal mit zwei Freundinnen in Sevilla unterwegs war. Wir waren in der Mittagshitze in einem schönen Park spazieren gegangen, als uns ein Fahrradfahrer entgegen kam. Ich musste lachen und die beiden anderen Mädels fragten mich, was los sei. „Ich weiß nicht – der Fahrradsitz sah vorne irgendwie ganz komisch aus“, sagte ich, woraufhin Bettina, eine meiner Kommilitoninnen meinte, ich hätte eine versaute Phantasie. In dem Moment drehte aber der Radfahrer um und kam uns wieder entgegen und natürlich schauten wir nun alle drei auf die Stelle zwischen seinen Beinen – und was dort zu sehen war, war mitnichten ein Fahrradsitz! Bettina fing daraufhin laut kreischend an zu lachen und mit dem Finger auf ihn zu zeigen. Das war offenbar nicht die Reaktion, die er hatte erzielen wollen. Noch dazu waren wir zu Dritt und ganz offenbar kein bisschen eingeschüchtert, was ihn dazu veranlasste, auf der Stelle zu wenden und schnellstens die Flucht zu ergreifen.

Es gibt immer mal wieder Frauen, die sich von Hospitaleros „belästigt" fühlen. Ich will keineswegs in Abrede stellen, dass so was vorkommen kann. Aber es gibt ein weites Feld der Definition, wann sich jemand ‚belästigt' fühlt. Mein Ex-Freund hat mich mal angerufen und gefragt, „was tust du, wenn Dir ein Bauarbeiter nachpfeift?" Ich habe ihn gefragt, wieso er das wissen wolle, aber er wollte erst mal meine Antwort hören. „Na ja", hab ich gesagt, „das ist irgendwie form- und umständeabhängig. Mit größter Wahrscheinlichkeit werde ich es ignorieren. Falls ich mies drauf bin, zeige ich ihm vielleicht den Stinkefinger. Und falls es ein schöner Tag ist und ich gut drauf bin und er vielleicht auch noch ganz nett ausschaut, dann lächle ich ihn womöglich an. – Warum willst Du das wissen?" Tja, die ihm besonders verhasste Frau eines Kollegen war deswegen zur Polizei gegangen und hatte Anzeige erstattet wegen ‚sexueller Belästigung' und er konnte das gar nicht fassen. Aber so weit gehen die Meinungen und Empfindungen eben auseinander. Z.B. letztes Jahr, der Hospitalero der Herberge von Calzadilla de la Cueza – so ein leicht in die Jahre gekommener Bilderbuch-Don Juan, der jede Frau in seiner Herberge, völlig ungeachtet ihres Aussehens oder Alters, mit irgendeiner Schmeichelei anschmachtete. „Ah, la bella rubia – venga, guapa – ah, una hermosa Señora …" und hier und dort auch mal den Arm um eine von ihnen legte – und die meisten, ebenso ungeachtet des Aussehens und Alters, fühlten sich sichtlich geschmeichelt. Aber bestimmt gab es darunter auch einige, die hinterher erzählten, „der hat mich belästigt".

Nun ja, auf jeden Fall geht mir diese Geschichte aus dem Pilgerforum nicht aus dem Kopf. Zwei Wochen vor dem Start habe ich davon gelesen, es war auf der ersten Etappe hinter Porto passiert. Die Arme war grade die ersten 15km gelaufen – eine erfahrene Pilgerin wohlgemerkt – als ihr an einer einsamen Stelle ein unbekleideter Mann aufgelauert und sie mit einem Messer bedroht hatte. Zum Glück konnte sie entkommen, wenn auch verletzt, aber sie hatte ihre Pilgerfahrt abgebrochen und war völlig verstört mit dem nächsten Flugzeug zurück geflogen. Wie schrecklich und auch wie enttäuschend – sicher hatte sie sich ebenso auf ihren Camino gefreut wie ich. Dieser Vorfall hatte mich endgültig dazu bewogen, meinen Weg über Braga zu planen. Einige im Forum hatten ihr nicht geglaubt und gemeint, sie habe sich nur interessant machen wollen, aber ich glaube, mit sowas spielt eine Frau nicht und vor allem hatte ich mich mit ihr direkt über Email ausgetauscht und ich fand ihre Geschichte dann doch sehr überzeugend – vor allem, nachdem ich mal ihren Namen gegoogelt und dabei gesehen hatte, dass sie eine recht große, kräftige und auch erfolgreiche Judoka ist. Das gab der Story doch erhebliche Überzeugungskraft.

Mit diesen Überlegungen habe ich passenderweise die üblichen stinkenden Müllberge am Stadtrand passiert und laufe mittlerweile übers Feld. Wolken von Fliegen und fröhliches Gegrunze lenken meine Aufmerksamkeit auf ein umzäuntes Gelände, an dem ein Schild mit irgendwas über „Bio" hängt. Hier leben offenbar Bio-Schweine, sogar ausgesprochen glückliche Bio-Schweine, die in einer großen Suhle umherlaufen und alle dreckig sind ‚wie die Sau'! Auf den Feldern sind überall Hinweise, dass hier nach Bio-Regeln angebaut wird. Den ganzen weiteren Tag laufe ich vorbei an Blumen über Blumen, Äpfeln, Zitronen, Orangen, Feigen, Granatäpfeln, Trauben sowie einigen Früchten, die ich nicht mal kenne. Eine Sorte könnten diese Baumtomaten oder Tamarinden – spanisch ‚Tamarillos' – gewesen sein, diese Lieblinge der abgehobenen Küchc - ‚Essenz von Tamarinden' klingt halt besser als ‚klare Tomatenbrühe'! Überall ist die Traubenernte in vollem Gange und dass am Wegesrand ganze Weinberge voll dicker, blauer und grüner Trauben stehen, soll sich noch bis zum Ziel so fortsetzen.

Und was mir immer besser gefällt, sind die Preise hier: für zwei große 0,5er Radler am Mittag zahle ich insgeasmt € 2,40, 60 Cent für einen Milchkaffee und am Nachmittag an einem Bäckerwagen für zwei Brötchen und zwei leckere Törtchen, die die Bäckerin mir eigens in eine feine kleine Kuchenschachtel legt, damit sie mir beim Laufen nicht zerquetscht werden, nur € 1,55.

Ich entspanne mich auch immer mehr, die Leute sind ausgesprochen freundlich, sie rufen zwar nicht „bom caminho" analog dem „buen camino" der Spanier, sondern eher „bom viaje", gute Reise. Pilger sind hier wohl noch nicht so häufig zu sehen. Aber doch fast alle, die ich unterwegs sehe, grüßen mich.

Am frühen Nachmittag komme ich in Mealhada an – 37.056 Schritte, ca. 26 km, sagt mein Schrittzähler. Am Ortseingang. Mealhada ist ein sehr langgestreckter Ort, entlang einer Hauptstraße. Die beiden Pilger, die mir geschrieben hatten, Hans und Frank, haben bei der Feuerwehr übernachtet , aber Frank hatte Zweifel geäußert, ob ich als Frau alleine dort aufgenommen werden würde und ich habe unterwegs keine anderen Pilger gesehen, als eine Gruppe spanischer Radpilger ganz am Anfang. Die hatten mir das erste „buen camino" meines Weges zugerufen und waren sicher schon viel weiter. Also mache ich mich erst mal auf den Weg ins Zentrum und gelange schließlich an einen größeren Platz, an dem es auch eine Bar gibt, in der ich nun nach einer günstigen Unterkunft frage. Der Kellner gibt mir auch gleich die Visitenkarte einer Pension, geht noch mit mir raus, um mir den richtigen Weg zu zeigen und sagt, ich solle dort von ihm grüßen. Es ist ganz schön weit zu dieser Adresse – wie gesagt, Mealhada ist sehr lang! – und als ich schließlich davor stehe, kann ich auf dem Schild am Eingang auch auf Portugiesisch ganz eindeutig verstehen, dass man dort „Betriebsferien" hat, und zwar noch bis Montag. Heute ist Samstag. Ich bin für den ersten Tag ziemlich geschafft, aber was hilft es. Ich laufe also weiter, Restaurants gibt es rechts und links dieser Straße eine Menge, aber keine Pension. Ich gehe ins nächste Restaurant und frage dort noch einmal. Mit der Verständigung klappt es recht gut, Frau Texeira hat mir mit ihrem 30 Minuten-Crash-Kurs ‚Aussprache Portugiesisch' wirklich geholfen – ich „portugisierc" mein Spanisch damit, verwende die paar Sätze, die ich gelernt habe und es klappt ganz gut. Ich verstehe sogar die Antworten einigermaßen, was mich immer wieder begeistert. Sonst. Im Moment bin ich zu müde für Begeisterung und klatschnass geschwitzt obendrein. Jedenfalls erklärt mir der Wirt, es gebe ein Hotel, nochmal einen Kilometer die Straße entlang. Unterwegs sehe ich, dass ich auf jeden Fall für morgen hier auf dem richtigen Weg bin, denn ich komme an den gelben Pfeilen vorbei, die wieder aus Mealhada heraus führen. Als ich schließlich an dem Hotel ankomme, ist es ein großes „Best Western" mit Pool und Disco. Nix pilgermäßiges, aber das ist mir nun inzwischen egal und ich frage nach einem Zimmer. Ok, es ist Freitag – aber ich bin heute noch überzeugt, die wollten mich nur nicht, wie ich da schmutzig, verschwitzt und stinkend stand. Es sei alles belegt, behaupten sie auf jeden Fall und eine andere Möglichkeit wissen sie auch nicht. Ich überlege kurz, ob ich mit einem Weinkrampf in der Lobby zusammenbrechen soll, entscheide mich aber dagegen. Vielleicht kann ich ja Hape's „Auftrag ans Universum" mal probieren? Wir haben früher immer gesagt, auf dem Camino kriegt man nur so viel auferlegt, wie man tragen kann – und ich bin grad ganz kurz davor, nicht mehr weiter zu können. Aber eben erst kurz davor. Ich drehe also um und gehe wieder zurück.

Von den Australiern, die ich später noch treffe, hörte ich dann, dass sie genau dort übernachtet haben und genau an diesem Wochenende. Drei – augenscheinlich nicht unvermögende - Ehepaare, ganz ohne Vorbuchung. Allerdings bin ich mir nicht hundertprozentig sicher, dass es wirklich der gleiche Tag war.

Da der Ort hinter dem Hotel zu Ende zu sein scheint, gehe ich wieder ein Stück zurück. Gleich nebenan ist ein Restaurant mit einem Schild „Restaurante – Residencial Hilario". Also frage ich dort noch mal. Ja, sagt der Kellner, er kennt eine Pension und gibt mir eine Telefonnummer. Mein Handy klappt nicht mit der Nummer und so ruft er von seinem Festnetzanschluss aus dort an, spricht kurz mit jemandem und sagt mir dann, ich solle warten, es käme mich jemand abholen. Ich bin erstaunt, aber zufrieden, hole mir ein kaltes Bier und setze mich vor das Restaurant in die Sonne. Nach wenigen Minuten kommt ein Mann aus dem Hinterhof des Gebäudes und fragt mich, ob ich diejenige bin, die ein Zimmer sucht. Ich nicke und verstehe so viel, dass sein Sohn gleich komme und der Englisch spricht. In der Tat spricht der junge Mann, der kurz danach eintrifft, recht gut Englisch. Er erklärt mir, dass sie grade dabei sind, die Pension zu vergrößern, sie wollen eine richtige Pilgerherberge daraus machen und ich erkläre ihm, dass nächstes Jahr ein heiliges Jahr sei und dann sicher viele auf andere Wege wie den Camino Portugués ausweichen werden und dann werde er sicher eine Menge Gäste bekommen. Derweil biegt er mit mir um die Ecke und ich sehe, dass ich gar nicht irgendwohin mitfahren soll, sondern die Pension quasi im Hinterhof des Restaurants liegt. Ein Flachbau mit angrenzender Baustelle, der junge Mann nimmt mir trotz Hinweisschild, dass ein Einzelzimmer € 20 kostet, nur € 15 ab, da ich der einzige Gast sei, gibt mir Haus- und Zimmerschlüssel, zeigt mir ein nettes kleines Zimmer mit Dusche, Fernseher und einem großen Bett und verabschiedet sich, nachdem er mir noch gezeigt hat, wo ich morgens den Schlüssel hinlegen soll. Die Möbel sind alt, aber alles ist frisch und sauber.

Ich dusche erst mal und wie früher auch immer fühle ich mich sofort besser. Einen Stempel konnte mir der junge Mann nicht geben, den hätten sie noch nicht und so beschließe ich, den weiten Weg zurück in den Ort zu laufen, und die Stadtverwaltung oder Kirche oder was auch immer zu suchen, um mir einen Stempel zu holen. Mindestens wieder 2 km geht es zurück, diesmal nicht durch den Ort, sondern ich laufe weiter an der breiten Umgehungsstraße entlang, die offenbar an dem ganzen Ort entlang führt, an einem Park vorbei, weil ich in der Ferne einen Kirchturm sehe. Stadtverwaltung hat sicher keinen Sinn, schließlich ist es Samstag und schon kurz vor 18.00 Uhr. In der Kirche warten die Menschen auf die Samstagabendmesse, also muss ein Pfarrer in der Nähe sein. Ich klopfe an einer Tür und eine Stimme bittet mich herein. Es ist in der Tat der Pfarrer und auf meine Aussage, ich sei Jakobspilger, sagt er mir erst mal, dass sie keine Herbergsplätze haben. Ich erkläre ihm, dass ich schon einen Schlafplatz habe und nur einen Stempel will. Den gibt er mir gerne, fragt noch, wo ich herkomme und wünscht mir einen guten Weg.

Als ich wieder draußen bin und mir eine Frau mit einer Lidl-Tüte entgegen kommt, merke ich erst, dass mir der Magen in den Kniekehlen hängt. Klar, es gab zu Mittag nur zwei Radler, ein trockenes Brötchen und die beiden Törtchen, die ich unterwegs gekauft hatte. Ich frage sie also, wo denn der Lidl sei und zum Glück ist er gleich um die Ecke. Zurück zur Pension und den Restaurants sind es schon wieder 2 bis 3 km und dann ist grade wieder keine Essenszeit in den Restaurants. Also kaufe ich bei Lidl erst mal Brot, Wurst, Käse und den *teuersten* Rotwein – ein Alentejo zu sage und schreibe € 3,99 - und mache mich auf den Rückweg. Als ich etwa den halben Weg geschafft habe und wieder auf Höhe dieses Parks bin, überfällt mich ein solcher Hunger-Ast, dass ich nicht mehr weitergehen kann. Mein Taschenmesser ist in meiner kleinen Bauchtasche – das Campermesser mit Messer und Gabel dran – also kann ich ebenso gut erst mal was essen. Na ja, ein Korkenzieher ist eigentlich auch dran – nur Glas habe ich keins… Brauche ich denn eins? So sitze ich schließlich im Park, esse Brot, Wurst und Käse und trinke einen leckeren Alentejo vom Lidl – aus der Flasche. Jedes Mal, wenn ich die Flasche ansetze, schaue ich mich vorsichtig um, ob sich schon Polizei nähert, um mich wegen Landstreicherei oder Erregung öffentlichen Ärgernisses festzunehmen. Die Situation ist irgendwie herrlich komisch und der Gedanke macht mir Spaß, was so einige in meinem Bekanntenkreis sagen würden, wenn sie mich jetzt sehen würden. Unsere Städtereise nach Rom fällt mir ein, die ich mit meiner Schwester vor wenigen Jahren gemacht habe. Rom war so wunderschön, Forum Romanum, Collosseum, Pallatin – und was hatte uns beiden typischerweise am besten gefallen? Wie wir mittags, ein Stück abseits der Spanischen Treppe, wo das Verzehren von Speisen verboten war, wie die Penner in der Sonne in einem Park gesessen waren, mit Käse, Salami und Baguette und einen Casa Antinori aus Plastikbechern getrunken hatten!

Nachdem der ärgste Hunger gestillt ist, korke ich meinen Wein wieder zu, packe die Reste ein und gehe zurück zu meiner Pension. Dort sitze ich noch eine Weile in der untergehenden Sonne, lese die kommende Etappe nach und schreibe eine SMS an zu Hause, um zu sagen, wo ich grade bin und dass es mir gut geht. Richtig gut.

Ich denke darüber nach, warum es früher immer dann Stress gegeben hat, wenn ich unterwegs mal ausnahmsweise nicht weiter gewusst habe. Ich habe immer alles alleine geplant – war ja sein ‚Navi', sein ‚kleines GPS', wie er mich unterwegs immer gern nannte. „Wenn ich pilgere, habe ich Pilgern All-in" hatte er allen erzählt, als wir damals in Itero de la Vega abends in der Pilgerrunde saßen. „Ich packe nur meinen Rucksack!" Obwohl ich so gerne mit ihm zusammen geplant hätte. Aber er wollte sich halt vorher nie damit beschäftigen. Wollte „unvoreingenommen an die Sache ran gehen". Okay. Dazu passte aber nicht, dass er immer von mir vorgeschlagen haben wollte und gerne annahm, wo die schöneren Etappen, die besseren Herbergen, die guten Restaurants waren. Ich habe es halt gerne gemacht, auch wenn es mir viel mehr Spaß gemacht hätte, mit ihm zusammen zu planen. Aber vor allem habe ich auf diese Weise auch immer für Alles die Verantwortung übernommen. Wenn ich dann mal ausnahmsweise nicht weiter wusste, wie damals vor Fisterra, bei dem schon erwähnten Umweg und ihn um seine Meinung gefragt habe, hat er dann einfach irgendwas ‚out of the blue' vorgeschlagen. Ohne Hand und Fuß. Wovon ich dann vielleicht grade sicher wusste, dass das als Einziges schon von der Richtung her nicht stimmen konnte. Hab ich das dann aber gesagt, ist er wieder ausgerastet, hat „dann frag mich doch nicht!" gebrüllt und dann waren wir beide sauer. Ich, dass ich nicht mal drüber diskutieren konnte, was sinnvoll und wahrscheinlicher wäre und was nicht und auf diese Weise Für und Wider sortieren konnte und er, weil ich nicht einfach wider besseres Wissen gesagt hatte, „ja prima, dann machen wir das so wie Du sagst". So habe ich mich letztlich immer für alles schuldig gefühlt, einschließlich schlechten Wetters, stand dann unter Druck und war kein bisschen locker und entspannt. Schließlich gehe ich in mein Zimmer und trinke vor dem Fernseher – zum ersten Mal unterwegs schaue ich in einen Fernseher, sogar den gibt es hier! - noch einen Schluck Wein, dieses Mal sogar aus dem Glas und gehe dann früh schlafen. ‚Hoffentlich kann ich hier schlafen, so ganz alleine im Haus', denke ich noch – und kriege den Gedanken noch grade so zu Ende, bevor ich erschöpft und zufrieden einschlafe, tief und traumlos und ganz entspannt. Es ist so ruhig, dass ich nicht ein einziges Mal aufwache.

Sonntag, 20. September - Agueda

Um 7 Uhr werde ich wach, gut ausgeschlafen und voller Tatendrang. Ich brauche dann aber eine ganze Stunde, bis ich fertig bin mit waschen und packen, derart habe ich meine Sachen im ganzen Zimmer verteilt. Das habe ich noch nie getan. Werde ich langsam schon zu relaxt? Aber es gibt ja keine Eile, der Weg geht gleich um die Ecke wieder los und ich habe durch meine Unterkunft ganz am Ende dieses langgezogenen Ortes schon einen Teil der heutigen Tagesetappe gestern gemacht. Sogar mehrfach, wenn man den Weg zum Stempeln und zum Einkaufen mitrechnet.

Im nächsten Ort, Sernadelo, haben die Schweizer, Hans und seine Frau, den Weg kurz verloren, wie er mir geschrieben hatte. Tatsächlich läuft es erst prima - und dann auf einmal sind die Pfeile verschwunden. Ich laufe ein bisschen vor und zurück, aber – keine Pfeile mehr. Ich finde nicht, wo es weitergeht, verirre mich fast in den Gässchen von Sernadelo. - Was sagt uns das? Wenn alle hier fehllaufen, gibt es hier eine zu große Lücke, denn ich treffe schließlich noch auf zwei weitere Pilger, zwei Franzosen, die ebenfalls hier die Pfeile verloren haben und nach dem Weg fragen. Sie sind zufällig auf eine Portugiesin gestoßen, die gut französisch spricht, denn wie so oft sprechen die beiden Franzosen absolut nichts anderes als Französisch. Kein Wort Englisch oder Spanisch, geschweige denn Portugiesisch.

Allerdings weiß die Dame nicht, wo der Camino verläuft. Überhaupt stelle ich das immer wieder fest: während man in Spanien auf dem ganzen Camino Francés fast jeden in den Orten unterwegs fragen kann, wenn man mal die Pfeile verloren hat, die Leute einen teilweise sogar anhalten und zurückschicken, wenn man an einer Abzweigung vorbei gelaufen ist, kennt in Portugal kaum jemand die nächsten Streckenabschnitte. Wenn man eine Skizze hat und den nächsten Ort weiß, wird man grundsätzlich immer auf die (meist stark befahrene) Landstraße geschickt. So auch hier. Wir beschließen, zusammen bis zum nächsten Ort an der Straße entlang zu laufen, auf die wir dann stoßen, ca. 100 Meter hinter meiner Pension, ich kann sie sehen. - Und dafür bin ich nun seit einer dreiviertel Stunde unterwegs! – Im nächsten Ort, wollen wir versuchen, den Camino, oder besser portugiesisch: „Caminho“ (gesprochen: Kaminjo) wiederzufinden. Das gelingt uns dann auch sehr schnell. Außerdem finden wir ein kleines Café – wir haben alle drei noch nicht gefrühstückt. Jetzt wird es richtig anstrengend für mich, mein Französisch ist derart rudimentär. Seit meiner Schulzeit habe ich es nicht mehr benutzt und auch die Note, mit der ich es damals abgegeben habe, möchte ich lieber nicht erwähnen. Ich war zwar in Fremdsprachen immer gut, hatte aber durch mehrere Umzüge so große Lücken in diesem Fach, dass ich sie kurz vor dem Abitur nicht mehr aufholen konnte. Immerhin verstehe ich so viel: Francois, der Ältere, geht zum vierten Mal einen Camino, er kommt aus Brest - und ich verstehe sein Bretonisch ganz und gar nicht. Er meint, dies sei sein letzer Camino, er ist wohl Ende 60, und seine Frau hat ihn verdonnert, dieses letzte Mal nicht alleine zu gehen. Später erfahre ich noch, dass dies nicht nur aus Altersgründen, sondern auch aus gesundheitlichen Gründen der Fall war. Sein Begleiter heißt Xavier, ihn verstehe ich bedeutend besser, vielleicht, weil er ‚internationaler' ist. Er kommt aus Bordeaux, hat ein Haus in Brest direkt am Meer, eine Tochter in Brasilien in der Nähe von Sao Paulo, bei der er immer von Januar bis März lebt, einen Sohn in Bayonne, der mit einer Mexikanerin verheiratet ist und einen weiteren Sohn, der in Barcelona wohnt. Die besucht er alle reihum und jetzt begleitet er seinen Freund Francois auf dessen letztem Camino. Für ihn ist es das zweite Mal, dass er geht. Francois gefällt mir besonders, klein und drahtig, mit buschigen Augenbrauen und einem schalkhaften Grinsen. Er sieht aus wie ein Kobold und abends schreibe ich meiner Schwester, „ich habe den Buckligen getroffen und sitze mit ihm beim Rotwein!" – Der bei uns zu Hause viel zitierte ‚Bucklige' ist eine Figur aus einem Film mit Louis de Funés und in diesem Film sein bester Freund, mit dem er Gallonen von Rotwein und Pastis vernichtet …

Der Weg ist wunderschön, verläuft über Feldwege und durch Wälder und immer wieder durch hübsche Dörfer. Es gibt so wunderschöne Häuser hier, alte ebenso wie neue. Ich bin ganz fasziniert von einer alten Villa im Stil der englischen Herrenhäuser, die sogar bewohnt aussieht. Wir sind uns einig, man hört immer, Portugal sei so arm. Das hier sieht aber nicht so aus. Vor allem fällt mir auf, dass es sehr viel sauberer und gepflegter ist, als es in spanischen Dörfern oft der Fall ist. Der Weg führt weiter durch einsame, warme und duftende Wälder, es riecht nach Tannennadeln und Eukalyptus – ja, hier gibt es schon Eukalyptuswälder, wie in Galizien. Im Moment bin ich ganz froh, dass ich die Beiden getroffen habe. Nach der Geschichte mit Qalli wären mir die Wege doch etwas zu einsam gewesen, so ganz alleine. Später, nachdem mich diese Geschichte nicht mehr so sehr belastet hat, bin ich solche Etappen auch wieder sehr gerne alleine gelaufen. Dann sind die Gedanken im freien Fluss, man nimmt ganz andere Details wahr und in sich auf – als wenn man dabei mühsam eine französische Unterhaltung führt.

Wir halten kurz an auf ein Bier – vor 12.00 Uhr! Aber wie sagt meine Schwester in solchen Momenten: „Ach - irgendwo auf der Welt ist es immer 12.00 Uhr"! Nichtsdestotrotz fange ich an, meinen wenigen Prinzipien untreu zu werden.

Schließlich sind wir schon kurz vor Agueda, dem heutigen Etappenziel, als wir an einem Restaurant vorbei kommen, das gut gefüllt ist. Wir entscheiden uns, dort zu Mittag zu essen. Erstaunlich viele Portugiesen scheinen mittags auswärts zu essen! Auch das sieht nicht arm aus. Na gut, heute ist Sonntag, das muss man wohl auch berücksichtigen. Jedenfalls bietet der Wirt uns einen gemischten Grillteller – ach ja, Grillmeister Europas! – und wir fragen noch nach Salat. Dann geht es los und jedes Mal, wenn wir uns durch eine Grillplatte hindurch gekämpft haben, kommt die nächste. Der Wirt fährt eine Fleischplatte nach der anderen auf – Würstchen, Bauchfleisch, Blutwurst, Steaks, vom Rind, vom Schwein, vom Lamm, dazu Salat, Pommes, Reis, Oliven. Gut, dass man durch das viele Laufen mit dem schweren Rucksack so viel vertragen kann. Wir haben außerdem alle drei festgestellt, dass wir lieber mittags essen wollen als abends. Am Abend ist uns ein Omelette oder ein Salat lieber, dann schläft es sich viel besser. Zum Essen gibt es zwei Flaschen Wein, rot und weiß – weil wir uns nicht einigen konnten. Dazu Wasser, danach Kaffee und schließlich stellt der Wirt drei Gläser und einen Birnenschnaps mitsamt der Flasche auf den Tisch, wir sollen uns bedienen. – Na ja, zum Glück ist es ja nicht mehr weit ... Das ganze üppige Mahl ist wieder erstaunlich billig und Portugal gefällt mir immer besser. Was mir weniger gefällt ist, dass Xavier das pro Person errechnete Geld auf den Cent genau abgezählt auf den Tisch legt. Dem geht es doch nun wirklich nicht schlecht, ein Haus am Meer in der Bretagne und eines in Bordeaux und das ganze Jahr in der Weltgeschichte unterwegs – sowas ärgert mich und ich gehe zurück und lege noch drei Euronen Trinkgeld dazu. Francois scheint keinen Cent einstecken zu haben, die Reisekasse verwaltet ganz offensichtlich allein Xavier, aber Francois blinzelt mir verschwörerisch und anerkennend zu, als er sieht, was ich tue.

Die beiden haben unterwegs erzählt, dass sie in Mealhada bei den Bombeiros, der Feuerwehr, übernachtet haben. Na, dann hätte ich ja doch dorthin gehen können. Sie wollen auch in Agueda wieder zur Feuerwehr und so schließe ich mich ihnen an. Leider darf die Feuerwehr in Agueda keine Pilger aufnehmen, wie wir erfahren. Die Stadt hat es verboten, um der Ausbreitung der grade grassierenden Schweinegrippe keinen Vorschub zu leisten, wie man uns erklärt. Aber wir sollen uns kurz gedulden, man telefoniert offenbar für uns herum und schließlich kommt ein junger Feuerwehrmann, bittet uns mitzukommen und bringt uns im Mannschaftsbus durch die Stadt, einen Hügel hinauf und zum Roten Kreuz. Dort werden uns Betten zugewiesen – die beiden Franzosen schlafen zusammen in einem Zimmer, ich komme zu zwei jungen Mädels ins Zimmer. Das Zimmer hat die Größe eines Wandschranks, es stehen zwei Stockbetten drin und ein kleiner Schrank. Wenn einer im Zimmer steht, kann kein zweiter hinein. Und das schlimmste – es gibt kein Fenster nach außen, nur zum Gang hin und es ist unerträglich heiß! Die Dusche ist ok und die Betten sind sauber bezogen, aber es sind irgendwie merkwürdige Leute hier und mich beschleicht das Gefühl, dass es sich hier um das städtische Obdachlosenasyl handelt. Die beiden Mädels wohnen hier, wie sie sagen, aber arbeiten nicht hier. Sie haben keine Familie, verstehe ich. Ein paar Jungs, etwas älter als mein Sohn, spielen im Vorraum Karten und fragen uns, ob wir mitspielen wollen. Besonders der eine ist ein ganz Hübscher, mit dunklen Haaren und dunklen Augen. Sie sind wirklich nett und freundlich – aber auf die etwas herausfordernde und ein bisschen gönnerhaft-anmaßende Art, wie sie auch mein Sohn gerne an den Tag legt. Also scheint das eine Art internationaler Jugend-Umgangston zu sein. Trotzdem bin ich sicher, alleine wäre ich hier nicht gern geblieben.

Wir möchten nicht mitspielen und lehnen daher dankend ab. Wir wollen noch mal runter in die Stadt auf ein kühles Bier, es ist wirklich sehr heiß hier oben, und ich muss noch Wasser einkaufen, sonst trockne ich heute Nacht aus. In der Stadt gibt es sogar Caipis und Xavier besteht darauf, mich einzuladen. Wir sind schon um 21.00 Uhr wieder zurück auf unserem Hügel und liegen früh im Bett, Xavier möchte um 07.00 Uhr loslaufen. Wir haben uns die Richtung, in die wir gehen müssen, schon mal angeschaut, wenn wir auch noch keine Pfeile gefunden haben. Aber da wir zunächst durch die Stadt müssen, können wir ruhig im Dunkeln starten, es wird ja beleuchtet sein. Die Unterkunft ist sehr hellhörig und es ist laut, erst lange nach 01.00 Uhr ist irgendwann Ruhe. Durch die Milchglaswände zu den beleuchteten Gängen hin ist es im Raum sehr hell und außerdem ist es so stickig und heiß, dass ich schon fast Panikattacken bekomme. Ich trinke ziemlich viel und muss dadurch auch mehrfach aufstehen. Schließlich traue ich mich auch nicht mehr zu trinken, denn ich möchte die Kleine im Bett unter mir nicht dauernd wecken. Das Bett ist so instabil, es schwankt jedes Mal wie bei hohem Seegang. So bin ich ganz froh, als die Nacht rum ist.

Durch Eukapyptuswald

Alte Römerbrücke

Montag, 21. September – Oliveira de Azeméis

Xavier klopft pünktlich um 6.00 Uhr ans Fenster und ich bin erlöst und kann endlich aufstehen. Schnell waschen, mein ganzes Zeug packe ich wieder in den Schlafsack und sortiere es erst im Aufenthaltsraum, wie ich es auf meinem ersten Camino gelernt habe. Der diensthabende Betreuer bietet jedem von uns ein Glas Milch an, dann laufen wir los. Es ist noch dunkel und sehr neblig. Schnell sind vom Nebel Haare und Klamotten schon mehr nass als feucht, ohne Jacke ist es zu kalt, mit Jacke zu warm. Wir laufen durch die noch schlafende Stadt hinunter zum Fluss und suchen unsere Pfeile, schwärmen dabei aus und durch die so abgedeckte große Fläche finden wir unsere Pfeile sehr schnell wieder. Wir kommen über eine alte Römerbrücke, die sich ganz geheimnisvoll aus dem Nebel, der alle Geräusche zu schlucken scheint, erhebt und wieder geht es durch Kiefern- und Eukalyptuswälder, die heute in der Feuchtigkeit ganz anders duften, aber nicht weniger intensiv. Um halb elf hat der Nebel sich gelichtet und es wird wieder heiß unterm dauerblauen Himmel. Wir kommen wieder an wunderschönen exotischen Blüten vorbei, die keiner von uns kennt und Xavier entdeckt im Unterholz eine gut einen Meter lange Schlangenhaut. Ok, das heißt für mich, ab sofort vorsichtiger sein, wenn ich mal ins Gebüsch muss.

Heute essen wir in Albergharia zu Mittag, in einem Lokal, welches das französische Camino-Portugués Handbuch von Xavier empfiehlt. Hier essen offenbar viele Leute in ihrer Mittagspause. Es gibt nicht allzu viel Auswahl, aber die Mittagsmenüs sind deftig und reichlich, Suppe, Salat, Fleisch, Pommes und ein gigantischer Nachtisch, dazu wie immer Wein und Wasser, ein Apero und ein Kaffee und wir zahlen schließlich für alles zusammen € 15,90. Unglaublich! Und wieder dasselbe Spiel wie gestern – Xavier legt das Geld inklusive meines Anteils, den ich ihm gegeben hatte, sauber abgezählt auf den Tisch und mein Trinkgeld, das ich dazu gelegt hatte, gibt er mir zurück. Ich laufe auch diesmal zurück und lege Trinkgeld hin. Der Service war nett und schnell und das gehört sich so für mich. Langsam geht mir dieser Geiz auf den Keks.

Die Strecke ist eben und wir kommen flott voran. Nach 32 km sind wir am Ortseingang von Pinheiro, wieder so ein „Lang-Dorf" wie Mealhada, mir tun heute ganz schön die Füße weh und vor allem Francois sieht richtig fertig aus. Unterwegs hat er immer mal wieder gefragt, wie weit wir noch laufen wollen. Meist fragt er mich, von Xavier komme immer und an jedem Punkt des Wegs sowieso immer nur dieselbe Antwort, nämlich „noch drei, vier Kilometer", meint er, egal wie weit es noch sei. Ursprünglich wollten wir in Pinheiro in ein Hotel, aber als wir vor dem Hotel stehen, sieht man in der Ferne schon Oliveira de Azemeis, es ist irre heiß und Francois hat einen hochroten Kopf. Hier in Pinheiro gibt es nicht viel und Oliveira ist die nächste größere Stadt. Vor dem anvisierten Hotel steht ein Taxi und Xavier steuert kurzerhand darauf zu. Francois sieht dabei wirklich sehr erleichtert aus. Soll ich stur sein und alleine weiterlaufen? Quatsch, ich werfe meinen Rucksack auch in den Kofferraum und mich selbst auf den Rücksitz zu Francois und so fahren wir die letzten vier oder fünf Kilometer bis Oliveira. Wenn im Mittelalter jemand einem Pilger eine Mitfahrgelegenheit offeriert hat, ob Heuwagen oder Kutsche, hat der bestimmt auch nicht abgelehnt.

In Oliveira angekommen holen wir uns zuallererst unseren Tagesstempel bei der Stadtverwaltung. Wir sind Pilger und werden freundlichst empfangen, bekommen schöne Stempel und kühlen uns in der schönen marmornen Empfangshalle erst mal ab. Dann fragt Xavier nach den Bombeiros und ich nach einer Pension. Die mir beschriebene Pension finden wir auch auf dem Weg zu den Bombeiros, 100 m hinter der Stadtverwaltung. Als wir dort eintreten, kommt die Wirtin und erklärt uns, sie habe nur ein Zimmer mit 2 Betten, woraufhin Xavier meint, dann solle ich hier bleiben, er und Francois gingen zu den Feuerwehrleuten. Das Haus ist dunkel und stinkt furchtbar. Die Frau auch. Hier bleibe ich auf keinen Fall!

Ich gehe also mit zu den Bombeiros, wo wir wieder sehr freundlich aufgenommen werden. Xavier ‚schwallt' die Bombeiros mal wieder damit zu, dass er auch jahrelang bei der Freiwilligen Feuerwehr gewesen sei. Ihm ist völlig egal, ob sie sein Französisch verstehen oder nicht. Ein paar tun es. Ich sage ihnen, dass ich zwar nicht bei der Freiwilligen Feuerwehr war, dafür aber mein Papa, über 50 Jahre lang. Schließlich zeigen sie uns die Duschen für Männer und für Frauen, es gibt einen großen Raum mit mindestens 20 PCs und Internet, das wir gerne kostenlos nutzen dürfen. Zuletzt führen sie uns in einen großen Festsaal mit muffigen Samtvorhängen und legen uns drei Matratzen auf die Bühne neben den riesigen, reich verzierten Eichenschreibtisch. Wir fragen noch, wo man gut essen könne und sie erklären Xavier den Weg zu einem Lokal, in das die Feuerwehrleute selbst offenbar häufiger gehen.

Wir duschen erst mal ausgiebig, heute haben wir ordentlich geschwitzt, und machen uns dann „ausgehfertig". Zum ersten Mal habe ich meine neue adidas Outdoor-Bluse an, ein Teil, das ich bestimmt nicht wieder mitnehme. Beim Laufen mit Rucksack ist mir die Bluse auf jeden Fall unangenehm, ich laufe lieber in elastischeren T-Shirts. Wieder was gelernt fürs nächste Mal. Außerdem brauche ich nächstes Mal ein dünnes Shirt mit langen Ärmeln – morgens ist es mir, wie heute auch, im Kurzarmshirt oft zu kalt, aber mit Jacke unterm Rucksack zu warm. Man lernt immer noch dazu.

Vor der Feuerwache ist eine Kirche, die Außenwand aus den schon bekannten blau-weißen Azulejos, die will ich mir auf jeden Fall erst ansehen. Xavier zuckt missmutig die Schultern, na von mir aus soll er doch weiterlaufen, ich gehe da jetzt rein und Francois folgt mir eilig und mit dem üblichen spitzbübischen Grinsen. Der „Chef" habe keine Zeit für sowas erklärt er mir. Ich habe schon bemerkt, dass Xavier immer genervt ist, wenn ich dauernd stehen bleibe, um zu fotografieren oder um mir irgendwas anzusehen. Das stört mich recht wenig. Soll er ruhig weiterlaufen, ich hole sie sowieso gleich wieder ein. „Chef toujours vite-vite", sagt Francois. Das verstehe ich, dafür reicht mein Französisch, aber stören tut es mich trotzdem nicht und Francois nimmt immer wieder gerne die Gelegenheit wahr, mir unterwegs in eine Kirche oder Kapelle zu folgen.

Als wir aus dieser heraus kommen, wirkt Xavier schon leicht nervös. So hungrig kann er wohl nicht sein, wir haben sehr gut zu Mittag gegessen. Wir finden das Lokal schnell, es heißt „Don Dinis" - was mich ans „Don Denis" in Andorra erinnert - ist sehr groß und sieht ziemlich edel und teuer aus. Allerdings kommen kurz nach uns die Bombeiros ebenfalls zum Essen und da die keineswegs reich aussehen, kann es so schlimm nicht sein. Die Kellnerin fragt nach unseren Wünschen – eigentlich wollen wir alle nur einen Salat. – ‚Vielleicht mit etwas gegrilltem Fleisch drauf'? – Das klingt gut. Zunächst kommt ein Amuse Gueule. Also doch edler, der Laden. Der Appetizer besteht aus einer Art Fleischkroketten, verschiedenen kleinen Pastetchen, Chorizo und Oliven. Wir nehmen eine Flasche

Alentejo – daran gewöhne ich mich langsam, könnte meine neue Hausmarke werden – und warten auf das Essen. Schließlich kommen drei große Salatplatten mit einer halben Rinderlende in größeren und kleineren Stücken darauf und dabei muss ich erst recht ans „Don Denis“ in Andorra-la-Vella denken!

Damals war ich mit Papa alleine in Urlaub gefahren. Ursprünglich hatten wir alle zusammen fahren wollen, Eltern und Schwestern mit Anhang, aber nach und nach waren alle abgesprungen: Dagmar war schwanger und durfte die lange Fahrt nicht machen, Petra hatte eine Prüfung, für die sie lernen wollte, was scheinbar im Urlaub nicht möglich war und Mama wollte Oma, die damals schon sehr krank war, nicht alleine lassen. Andererseits wollte sie aber unbedingt, dass Papa in Urlaub fuhr, weil er ziemlich überarbeitet war. Also setzte sie mir zu, dass ich unbedingt mit Papa fahren müsse, damit der sich erholen könne und ihm wahrscheinlich ebenso, dass ich sonst total enttäuscht sei. Wir hatten in diesem Urlaub ebenso viel Spaß wie Streit, Papa und ich, aber im Großen und Ganzen war es schön und den meisten Spaß hatten wir bei einem Ausflug ins Steuerparadies Andorra. Papa hatte eine Perlenkette als Geschenk für Mama gekauft und mich beim Juwelier gebeten, diesen nach einem guten Restaurant zu fragen, abseits der Touristenlokale. Der Juwelier schickte uns ganz ans andere Ende von Andorra-la-Vella, mehr als eine halbe Stunde Fußweg, wenn nicht sogar eine ganze Stunde, in eben dieses „Don Denis“. Wir fanden es auch und bestellten uns eine Gazpacho für mich, eine Ensalada Catalán für Papa und zusammen ein Chateaubriand mit Gemüse und Pommes. Zunächst kam eine große Salatplatte mit Wurst, Schinken, Käse, hart gekochten Eiern und Brötchen. Wir hatten derartigen Hunger und ich sagte Papa, er solle ruhig schon anfangen. Wir konnten zwar nicht verstehen, warum man eine kalte Suppe nicht gleichzeitig mit auftragen konnte und so aß ich von dem Salat ein bisschen mit

- Wurst, ein Ei, Schinken. So wirklich besonders kam uns der Salat nicht vor. Und dann wurde uns klar, warum, denn nun brachte der Kellner den eigentlichen Salat und die beste Gazpacho, die ich je gegessen hatte. Das vorher waren nur Appetizer gewesen, die wir aber tapfer niedergemacht hatten und dadurch schon fast satt waren. Nun waren aber auch der Salat und die Suppe so gut, dass wir sie keineswegs stehen lassen konnten. Aber die Augen gingen uns erst richtig über, als der Hauptgang kam – auf der riesigen Platte lag so was wie ein halbes Rind, feinstes Filetstück, umlegt mit leckerem Gemüse jeder Couleur, dazu eine ganze Schüssel mit Pommes. Letztere haben wir im Endeffekt nicht einmal angerührt! Wir haben uns nur noch bemüht, wenigstens das tolle Fleisch zu essen und ich verspüre heute noch leichte Übelkeit, wenn ich daran denke, wie ich schließlich den letzten Bissen Fleisch auf der Gabel hatte und meinem Vater erklären musste, dass ich den unter keinen Umständen mehr essen könne, sonst käme das ganze Rind rückwärts wieder auf die Platte! Wir tranken jeder einen kleinen Eimer Cognac, um uns überhaupt wieder bewegen zu können und da wir das anschließend auch auf dem gesamten Weg zurück zum Campingplatz in jeder zweiten Bar taten, war es uns am nächsten Tag so schlecht, dass wir uns auf dem Rückweg nach Frankreich beide abwechselnd übergeben mussten … Wann immer in den folgenden 30 Jahren irgendwo das Wort „Völlerei“ erklang oder es um ein solches Thema ging, hatten Papa und ich uns immer nur angesehen, uns wissend zugenickt und die Worte „Don Denis“ geflüstert.

Das schöne Fleisch im Don Dinis lasse ich daher teilweise liegen – nie wieder sowas. Ich habe damals echt gedacht, ich hätte mir eine ernsthafte Magenerweiterung zugezogen. Trotz der edleren Umgebung, des guten Essens und des guten Weins ist auch das Don Dinis erschwinglich. Portugal ist echt schön, grinse ich in mich hinein. Als ich schließlich auf meiner

Matratze liege, denke ich dauernd noch ans Don Denis und an Papa und irgendwann laufen die Tränen.

Dienstag, 22. September - Lourosa

Die heutige Etappe ist nicht sehr lang und Xavier lässt sich erweichen, erst um 08.00 Uhr zu starten. Wir wollen bis Lourosa, 23km, dort hat Frank, der mir ebenfalls seine Etappenplanung zur Verfügung gestellt hatte, bei den Bombeiros übernachtet. Infos über die Strecke vor Porto waren Mangelware und so hatte ich dankbar jede Information von anderen aufgegriffen, die diese Strecke ebenfalls gelaufen waren. Auch wenn das in seinem Handbuch nicht erwähnt ist, ist Xavier einverstanden. Erstaunlich! Wenn sein Handbuch sagt „links", die Pfeile aber geradeaus zeigen, ist er nicht gewillt, einen Meter von seinem Handbuch abzuweichen. Ich bin es gewohnt, mich nach den Pfeilen zu richten und brauche mein Handbuch nur, wenn ich sie mal aus den Augen verliere – sofern ich denn eines dabei habe.
Das ist auf jeden Fall einer der Reize, die alle Caminos haben: es gibt eine klare Richtung und man muss nicht lange hin und her überlegen, was richtig oder falsch ist oder diskutieren, was zu tun ist, man geht dorthin, wo die Pfeile hin zeigen. Es ist so einfach. Das Leben ist so einfach. Man weiß genau, was man zu tun hat, ohne Diskussion.

Darum fängt es an, mich zu stören, dass es zu den Wegweisern immer wieder Diskussionen gibt. Die Wege kommen zwar letztlich offenbar immer wieder zusammen, aber während die Pfeile vielleicht durch ein schönes Waldstück führen, zeigt Xaviers Handbuch meines Erachtens eher den direkten Weg.

Ich will aber nicht dauernd, ein Buch in der Hand, lesend weiterlaufen, sondern mit offenen Augen durch die Landschaft gehen, den „Flechas amarillas“, den gelben Pfeilen hinterher.

Meiner Meinung nach würde es auch noch reichen, um 08.00 Uhr aufzustehen. Was sollen wir um eins oder zwei in Lourosa? Und weiter werden wir heute nicht gehen, Francois wird es heute nicht weiter schaffen, er hat mir gesagt, seine Beine seien noch ganz schwer von der langen Strecke in der Hitze gestern und er habe Schmerzen im Knie. Er hatte letztes Jahr eine Knie-OP, die riesige Narbe ist mir schon aufgefallen. Er sei in der Dusche gestürzt, hat er mir erzählt und habe sich am Knie und am Kopf verletzt, alles sei voll Blut gewesen.

Ich erinnere mich, wie ich im Sportstudio nach der Sauna mal in der Dusche in eine zerbrochene Fliese getreten bin – gut durchblutet bis in den kleinen Zeh, wie ich nach der Sauna grad war, hatte es unter der Dusche ausgesehen wie in der Mordszene von „Psycho“ und ich war fast in Ohnmacht gefallen. Mit diesem Bild im Kopf sage ich ihm, dass seine Frau, die ihn gefunden hatte, ja einen schönen Schrecken gekriegt haben muss und da sieht er mit seinem spitzbübischen Grinsen, der Zahnlücke vorn, den abstehenden Ohren und den buschigen Brauen wieder aus wie ein Kobold. Oder halt wie der „Buckligе“ bei Louis de Funés. Ich soll ihn unbedingt mal in der Bretagne besuchen, er ist dort in der „Associacion des Amis de Chemin de St. Jacques en Bretonne“, dem Verband der Freunde des Jakobsweges in der Bretagne, die einmal im Jahr eine einwöchige Tour von Gites zu Gites, ca. 20–25km am Tag, auf dem Jakobsweg durch die Bretagne machen. Das klingt toll und ich werde es sicher fürs nächste oder übernächste Jahr mal einplanen. Schade, dass ich solche Mühe habe, ihn zu verstehen. Ich bin zwar erstaunt, an wie viel Französisch ich mich so nach drei Tagen wieder erinnere, mit Xavier klappt die Verständigung mittlerweile ganz gut, allerdings ist mir Francois viel sympathischer. Xavier ist ein echter ‚Rennpilger' – keine Zeit, stehen zu bleiben, schnell, schnell weiter und außerdem sehr bestimmend. Ich glaube ihm gerne, dass er Führungskraft auf oberster Ebene war. Im europäischen Rindfleischhandel, wie er erzählt. Einerseits tut es mir ja irgendwie gut, dass da mal jemand Anderes ist, der ganz selbstverständlich die Verantwortung übernimmt. Er rennt mit seinem Buch in der Hand meist vorneweg, aber hat keine Zeit, auch nur mal für ein Foto stehen zu bleiben. Francois hat keine Kamera dabei und da sein Freund keine Bilder macht – weil das überflüssiger Zeitverlust ist - nimmt Francois mir das Versprechen ab, dass ich ihm meine Bilder sende. Darauf kann er sich verlassen.

Heute geht es mal wieder ums Frühstück – die erste Café-Bar müssen wir links liegen lassen, die findet Xavier viel zu früh. Auf der Zweiten, nach etwa einer halben Stunde, beharre ich dann und er stimmt schließlich schulterzuckend und sehr unwillig zu. Es ist aber auch so ein schönes Cafe mit frischen Croissants, Kuchen und Brötchen in riesiger Auswahl. Da es heute schon sehr früh heiß geworden ist, will ich mir nach dem Frühstück noch rasch die Hosenbeine abtrennen, aber nein, keine Zeit, nur schnell weiter. Junge, es sind heute nur 23km! Dann möchte ich gerne kurz anhalten und mich mit Sonnenmilch einreiben. Ob ich das denn nicht beim Waschen schon getan hätte? Nein, das habe ich morgens leider vergessen – aber auch hierfür: nein, keine Zeit.

In St. Joao ist wieder eine schöne Kirche, die Tür weit offen. Aber Xavier rennt weiter, schon wieder 10 Meter weit voraus. Ich könnte ihn locker überholen, gehe aber lieber mit Francois. Und eben gehe ich gar nicht weiter, ist mir scheißegal, ich will da jetzt rein. Also steige ich ‚aus' – und die Stufen zur Kirche hinauf. Francois folgt mir wieder begeistert. Er sagt entschuldigend, sein Freund habe für sowas keine Zeit. „Toujours vite, vite!“ sagt er wieder. Ich erkläre ihm – ziemlich mühsam für mich, aber offenbar verständlich – dass ich einen guten Freund habe, der seinen ersten Jakobsweg mit einem Mitpilger auch so gegangen sei und es hinterher sehr bedauert habe, an so vielen schönen Stellen vorbeigehetzt zu sein, ohne sie genauer angeschaut zu haben. Darum geht er nächstes Jahr einen anderen Camino und dieses Mal bewusst allein. Francois meint, auch er habe lieber alleine gehen wollen, aber seine Frau habe sich zu große Sorgen gemacht und ihn daher gebeten, jemanden mitzunehmen. Das weiß ich schon, aber jetzt erzählt er mir außerdem, dass er den Weg dieses Mal auch für seine Tochter gehe, die im letzten Jahr mit 38 Jahren überraschend gestorben sei. Leider verstehe ich nicht woran – ob sie krank war oder einen Unfall hatte? Es wundert mich, dass er mir das erzählt, dieser knorrige kleine Bretone. Sicher geht er damit nicht hausieren und ich fühle mich geehrt.

Als wir schließlich recht gemütlich weitergehen, ist von Xavier nichts zu sehen. Plötzlich pfeift uns jemand aus einem Seitenweg hinterher. Mist, wir haben vor lauter Quatschen einen Pfeil nach rechts übersehen. Xavier hat dort gelauert und macht uns jetzt triumphierend darauf aufmerksam. Auch dass wir hundert Meter weiter wieder auf die gleiche Straße stoßen, auf der wir weiter gelaufen wären, tut seinem Triumph, dass wir ohne ihn offenbar nicht zurechtkommen, keinen Abbruch. Na meinetwegen, wenn es ihn zufrieden stellt. Ich lasse mich heute auf jeden Fall nicht hetzen – und auch nicht reizen.

Dafür essen wir dann auch heute wieder ausgiebig zu Mittag. Zur Abwechslung mal – vielleicht Grillteller? Ja, es gibt gegrilltes Fleisch sowie Hähnchen oder Fisch. Xavier will Fisch und ich bestelle auch Fisch, Francois möchte Fleisch und bestellt den Grillteller. Am Nachbartisch sitzt ein Portugiese, der perfekt Deutsch spricht. Er erzählt, er habe 37 Jahre bei Daimler in Sindelfingen gearbeitet und jetzt sei er Rentner. 37 Jahre seien mehr als genug, meint er, jetzt wolle er den Rest seines Lebens zu Hause genießen. Als dann das Essen kommt, bringt der Kellner zweimal Hähnchen statt zweimal Fisch. Da aber das Hähnchen wirklich sehr lecker aussieht, sage ich, es sei mir egal und er solle es ruhig da lassen, aber Xavier ist ziemlich sauer. Mit Hilfe des deutsch sprechenden Portugiesen tut Xavier seinen Unmut recht heftig kund und verlangt den bestellten Fisch. Der Kellner entschuldigt sich und bringt sehr schnell den Fisch – der Xavier aber dann gar nicht schmeckt und auch nicht so wirklich prickelnd aussieht. Ganz im Gegensatz zu unserem Essen –mein Hähnchen ist so lecker wie es aussieht - und entsprechend missmutig ist Xavier anschließend.

Unsere Schuhe und Socken haben wir zum Trocknen außen auf die Fensterbank gestellt. Durch die Hitze sind sie innen schnell feucht und das gibt dann leicht Blasen. Also Schuhe und Strümpfe trocknen, so oft es geht. Alte Pilgerweisheit. Allerdings sehen wir die Blicke und hören Bemerkungen, die Vorübergehende machen, weil unsere Schuhe auf der Fensterbank stehen. Als ein paar Arbeiter sich nach dem Essen draußen vors Fenster setzen und bei Kaffee Karten spielen, will ich die Schuhe rasch wegräumen, aber sie lachen und meinen, ich solle sie ruhig stehen lassen. Es sind auch noch keine Fliegenschwärme drum herum, obwohl ich die alte Pilger- und Wanderer-Regel ‚Socken nicht waschen‘ konsequent einhalte dieses Jahr, also lasse ich sie stehen.

Heute ist es wahnsinnig heiß, über 30 Grad! Im Juli oder August möchte ich diese Strecke nicht gehen. Als wir schließlich weiterlaufen, quatscht Xavier wieder jeden, aber auch jeden an! Die vorbeigehende Oma kriegt zugebrüllt „Peregrins, nous sommes peregrins! - Wir sind Pilger!“, der Frau mit Kindern ruft er nach „wir gehen nach Santiago de Compostela“ und er fragt jeden zweiten, wo es weitergeht, auch wenn wir grade an einem Pfeil vorbei gelaufen sind, die Straße geradeaus weiterführt und wir ganz genau wissen, dass es jetzt NICHT in die rechte Seitenstraße geht, weil das sowohl in seinem Handbuch steht, als auch aus der Markierung deutlich ersichtlich ist. Er kann wirklich an keinem sabbernden Dorfdeppen (das ist wörtlich zu nehmen!) vorbeigehen, ohne sein „Ah, Chemin de St. Jacques“ zu krakeelen. Das nervt mich langsam so gewaltig, dass ich anfange, um Geduld und Ruhe zu beten. Einmal werden wir unsererseits aus dem Garten einer alten Villa heraus angesprochen. Eine alte Dame ruft uns und fragt ob wir Pilger seien. Sie spricht ein bisschen Englisch und mit mir Englisch, Spanisch und Portugiesisch durcheinander. Ob wir was trinken möchten, fragt sie uns. Nein, wir hätten genug, zeigt Xavier auf seine Flasche, als ich die Frage übersetze. – Oh doch! Ich möchte gerne ein Glas Wasser. Einmal möchte ich ihre Freundlichkeit nicht zurückweisen, außerdem kann ich so mein Wasser noch sparen. Darüber hinaus ist das Wasser, das sie uns dann durch das Gitter reicht, angenehm kühl und schließlich nehmen wir doch alle drei gerne an. Was passt ihm nur wieder nicht, wo er doch sonst absolut jeden anquatscht? Vielleicht, dass ich sie verstehe und er nicht?

Ein Stück weiter verlaufen wir uns, weil er mir wieder mal ein blutiges Ohr quasselt, wovon ich nicht mal die Hälfte verstehe, egal wie ich mich darauf konzentriere, während eine Frau aus einem Auto heraus gestikulierend auf Francois einredet. Francois macht eine Bemerkung zum „Chef“, aber der reagiert nicht und rennt weiter und so ist Francois schließlich still und läuft hinterher. Als wir keine Pfeile mehr sehen, laufen wir fast eine halbe Stunde lang vor und zurück, während Francois mindestens fünf Leute schwindlig redet, die alle ganz offensichtlich keine Ahnung haben, wo hier ein „Chemin de St. Jacques“

verläuft und die uns alle nur die Straße entlang weiter schicken wollen, während ich darauf beharre, zurückzugehen zu dem letzten Pfeil, den wir gesehen haben, wie ich es beim Bergwandern gelernt habe. Irgendwann habe ich es satt, drehe mich um und tue genau das, ich gehe zurück zum letzten Pfeil, an den ich mich erinnere. Und Xavier folgt dann doch, die Nase in seinem Buch und weiter lauthals mit sich selbst – oder mit uns? - diskutierend. Als wir zu diesem letzten Pfeil zurück kommen, sehen wir sofort, wo es weitergeht. Rechts, dorthin, wohin die gestikulierende Frau gedeutet hatte. Francois sagt mir später, er habe das durchaus so verstanden und das war es auch gewesen, was er zu Xavier gesagt hatte, aber mit dem „Chef" diskutiere man eben nicht.

Wir laufen wieder weite Strecken auf einer alten Römerstraße, sehr steinig und schwierig zu laufen, ähnlich wie in der Meseta und ich bin froh, dass ich dieses Jahr meine festen, hohen Meindl Wanderschuhe anhabe. Es ist weiterhin sehr heiß und wir müssen heute doch einige „Radler"-Pausen in den Bars am Weg machen. Unterwegs spricht uns ein junger Mann an, ob wir Pilger seien. Er spricht recht gut Englisch und ist offensichtlich begeistert, seine Englischkenntnisse mal an den Mann/ die Frau bringen zu können. Er fragt, woher wir kommen und bis wohin wir heute laufen wollen. Ach ja, bis Lourosa. Er ist den Weg ab Porto auch schon gegangen und warnt uns, die Strecke von Ponte de Lima nach Valenca in einem Stück gehen zu wollen. Keine Sorge - ich hatte das ganz kurz ins Auge gefasst, aber diese fast 40 km, mit dem höchsten Anstieg des gesamten Camino Portugués über das Cruz de Franceses dazwischen, sind mir auch zu weit, denn dieser Anstieg soll doch etwas heftiger sein. Den Franzosen soll ich übersetzen, dass es in Barcelos keine Herberge mehr gebe. Ist mir eh egal, weil ich über Braga will. Aber bis Braga gebe es keine Pfeile, sagt er! Auf der Etappe will ich sowieso den Bus nehmen – wegen des Angriffs auf Qualli. Dann zeichnet er uns noch einen genauen Plan, wo die Bombeiros in Lourosa zu finden sind. Zu Xaviers Leidwesen kann er kein Wort Französisch und da ich die Einzige bin, die Englisch kann, ist er mal nicht der Wortführer und das missfällt ihm sichtlich. Der habe ja nur unbedingt mal sein Englisch ausprobieren wollen, mäkelt er hinterher, und habe sicher gar keine Ahnung! Ich jedenfalls nehme die Zeichnung mit und der junge Mann wünscht uns einen „Bom Caminho“.

In Lourosa zeigt sich, dass die Zeichnung super ist. Die lange Linkskurve, dann der große Platz, auf dem ein paar letzte Marktstände grade zusammen gepackt werden, die blaue Kirche – mir ist völlig klar, wo wir hin müssen. Das hindert Xavier nicht daran, auf den 1000 Metern durchs Dorf ein halbes Dutzend Leute anzusprechen und nach ‚Bombeiros‘ zu fragen. Ich achte nicht drauf und gehe einfach weiter, Francois immer im Schlepptau. Als wir bei den Bombeiros ankommen – draußen stehen lebensgroße Figuren von Feuerwehrmännern, die Station wäre echt nicht zu übersehen gewesen – werden wir gewohnt freundlich aufgenommen. Der eine erzählt mir später, seine Tochter studiere Deutsch in Porto. Ich gebe ihm meine Mailadresse, falls sie mal in Deutschland sei, ich würde mich für die Freundlichkeit der Portugiesen gerne bedanken.

Wir können in der Sporthalle auf den Turnmatratzen schlafen, müssen aber warten, bis die Judoka dort ihr Training absolviert haben. Die Duschen können wir schon benutzen und es gibt eine Art überdachten und verglasten Erker, wo wir unsere Rucksäcke lassen können. Nach dem Duschen hängen wir unsere frisch gewaschenen Kleider in die Sonne zum Trocken und während Xavier den Feuerwehrleuten auf Französisch wieder die Ohren zum Bluten bringt, mache ich mich mit Francois auf zur Plaza, denn er möchte seine Frau anrufen und sucht einen Münzfernsprecher. Die Feuerwehrleute können uns nicht sagen, wo es sowas noch gebe und ich beschließe daher, mit ihm zu gehen. Auf der Plaza spreche ich einen älteren Herrn an und frage ihn nach einem Münzfernsprecher. Er nimmt uns beide gleich ins Schlepptau und steuert eine der Bars am Rande der für das Dörfchen übergroßen Plaza, über die wir hereingekommen sind an und tatsächlich, dort gibt es einen Münzapparat. Francois hat ausnahmsweise Geld dabei, das er sich extra von Xavier holen musste und beharrt darauf, dem Mann ein Bier auszugeben, was der auch gerne annimmt. Auch ich gönne mir ein kühles Bier, während er telefoniert und auch meines will er bezahlen. Ohne meine Sprachkenntnisse habe er ja nicht nach einem Telefon fragen können, meint er. Anschließend spazieren wir noch ein bisschen durchs Dorf und setzen uns dann vor eine Bar, wo noch etwas Sonne hinfällt und ich hole uns zwei Gläser Rotwein.

Er erzählt von seiner Familie. Außer der Tochter, die verstorben ist, hat er noch einen Sohn und zwei weitere Töchter, Zwillinge. Er zeigt mir Fotos der Zwillinge, eine ist blond, die andere rothaarig. Die Blonde hat letztes Jahr ein Baby aus Mali adoptiert – total süß, die Kleine. Und er erzählt, wie traurig sie sind und wie er und seine Frau die dritte Tochter vermissen. Ich erzähle ihm von Papa und dass ich das verstehe, ich vermisse ihn auch jeden Tag. Und schließlich erzähle ich ihm sogar vom letzten Jahr, von der Meseta und dem Langen und wie danach nichts mehr war wie vorher. Und trotz unserer Sprachprobleme verstehen wir uns prächtig.

Schließlich wird es Zeit, zum Abendessen zu gehen, aber wir müssen erst mal zurück zur Feuerwehr, die frisch gewaschene Kleidung abhängen, unsere Matratzen fertig machen und Xavier suchen. Der redet noch immer auf die Feuerwehrleute ein. Unsere Sachen sind trocken, die Judoka fertig mit ihrem Training und wir können in die Halle. Dann machen wir uns auf, ein Restaurant zu suchen. An der nächsten Ecke ist eine kleine Bar, dort könne man ganz gut essen, haben laut Xavier die Bombeiros gemeint, also gehen wir dort hinein. Ich frage, ob es was zu essen gebe und die Wirtin fragt, was wir möchten. Was könne sie denn vorschlagen, frage ich zurück. Sie habe Fleisch, Salat, Bacalhau. Ich übersetze und erkläre, was Bacalhau ist und Xavier und Francois sagen ok, möchten sie. Ich entscheide mich dieses Mal für Omelette und Salat – zum Glück, denn die Portion Bacalhau mit Pommes, Zwiebeln und Oliven, die die beiden serviert bekommen, ist riesig.

Wir unterhalten uns langsam ganz gut, trotz meines schlechten Französisch. Auch wenn er mir zwischendurch ziemlich auf den Senkel geht, gelegentlich ist Xavier auch richtig nett. Jeder von uns ist vorher schon auf anderen Caminos gepilgert. Wir reden über die Gründe, die uns immer wieder zurück auf den Camino ziehen. Klar, bei den begrenzten sprachlichen Möglichkeiten kann das Gespräch hier nicht so richtig in die Tiefe gehen, aber über eines sind wir uns einig: das Leben auf dem Camino ist so einfach, so viel leichter als zu Hause. Es gibt im Wesentlichen vier Probleme: „wo ist der nächste gelbe Pfeil?“, „wie weit ist es noch?“, „wo gibt es was zu essen?“ und „wo kann ich schlafen?“ Alle anderen Probleme sind hier untergeordnet, belanglos, wichtig sind diese vier wesentlichen Fragen. Es gibt keine Zweifel, was als nächstes zu tun ist, kein „falsch“, denn der falsche Weg führt eben nicht nach Santiago. Man weiß, in welche Richtung man zu gehen hat und wo man hin will. Die Wegmarkierung ist eindeutig, alles ist so einfach. Es gibt Richtig und Falsch und nichts dazwischen. Wenn man überlegt, mit was für Problemen man sich zu Hause alles rumschlagen muss, ist das wirklich Erholung, Entspannung vor allem für den Geist.

Allgegenwärtig in Portugal: Die Senhora de Fatima und …

… Fußball!

Mit dieser beruhigenden Erkenntnis schlafen wir später in der großen Turnhalle ein. Die beiden schlafen übrigens immer sehr ruhig, sie haben sich zwar am Anfang gegenseitig vorgeworfen zu schnarchen, aber ich höre kaum etwas davon und auch ich schlafe heute wieder tief und fest.

Mittwoch, 23. September – Porto und Braga

Wieder steht Xavier kurz nach 06.00 Uhr auf und ich werde auch wach davon. Heute kommen wir nach Porto und da trennen sich unsere Wege auf jeden Fall, na ja, traurig bin ich nicht. Die beiden wollen einen Tag in Porto bleiben und dann den traditionellen Camino Portugués weitergehen, über Rates und Barcelos. Ich dagegen will ja nach Braga, darauf habe ich mich jetzt eingestellt. Porto will ich mir erst am Ende ansehen, ich muss ja dorthin zurück, weil ich auch von Porto aus zurückfliegen werde. Der frühe Start ist mir heute ganz recht, wenn es wieder so heiß wird, geht es sich leichter. Und falls ich früh genug in Porto bin, kann ich noch am gleichen Nachmittag den Bus nach Braga nehmen.

Heute gibt es schon nach knapp 20 Minuten ein richtig schönes Café und ich will auf jeden Fall erst einmal frühstücke. Francois auch und so gibt Xavier sich wieder achselzuckend, aber unwillig geschlagen. Dafür verkündet er nach dem Frühstück, dass er heute durchlaufen will, ohne Mittagessen. Nach dem meist recht langen Mittagessen sei es immer so heiß und man werde dann so schnell müde. Da gebe ich ihm absolut recht und erläutere meine Pläne, früh in Porto anzukommen und direkt den Bus zu nehmen. Einmal verlieren wir kurz den Weg, weil Xavier dem Buch folgen will und ich den Pfeilen. Wir folgen den Pfeilen und prompt sind sie dann auf einmal verschwunden und er ist sichtlich angefressen. Er wolle den Camino gehen und nicht an irgendeiner Straße entlang laufen, mosert er. Aber Francois hat schon den nächsten Pfeil gefunden und winkt weiter. Überhaupt, wenn er sich noch ein einziges Mal so produziert, wenn wir auch nur eine Dorfstraße überqueren! Jedes Mal wirft Xavier sich quasi dem Verkehr mit ausgebreiteten Armen todesmutig in den Weg und wedelt uns dann mit der Hand vorbei, während er auf der Straße steht wie Moses, der gerade das rote Meer teilt! Ich fange an mich zu wundern, wie ich es wohl bisher alleine geschafft habe, jemals lebend eine Straße zu überqueren. Am ersten Tag fand ich das noch amüsant, auch irgendwie - ja, fürsorglich. Aber so langsam übt es jedes Mal stärkeren Brechreiz auf mich aus, besonders wenn es sich um eine Dorfstraße handelt, auf der grad mal drei Autos fahren, was ihn aber von dieser Prozedur keineswegs abhält. Als wir schließlich nach Grijo kommen und ich das Kloster Grijo anschauen möchte, ergreift Xavier sofort die Gelegenheit zu verkünden, dass sich unsere Wege dann hier trennen und verabschiedet sich knapp von mir. Der Abschied von Francois fällt erheblich herzlicher aus, wir umarmen uns und ich verspreche, auf jeden Fall zu schreiben und Fotos zu senden.

Ich will gar nicht unbedingt das Kloster sehen, ich will mich auf eine Bank setzen, die Hosenbeine abtrennen, mich mit Sonnenmilch einreiben, aufs Klo gehen, einen Stempel holen, ausgiebig Wasser trinken und vor allem meine Ruhe! So ist dann zwar das Kloster verschlossen, aber das ist mir ziemlich egal. Direkt daneben ist die Stadtverwaltung, ich kriege meinen Stempel und alles andere kann ich auch erledigen. Die Dame, die mir den Stempel gibt, sagt, ich solle ruhig am Kloster klingeln, man würde mir die Kirche sicher zeigen und das versuche ich auch, aber es öffnet niemand. Vielleicht störe ich zu einer ungünstigen Zeit.

Als ich alleine weitergehe, finde ich sehr schnell wieder meinen eigenen Rhythmus. Wenn Xavier vorneweg gegangen ist, ist er immer meilenweit voraus gewesen und förmlich gerannt. Wenn ich aber mal vorneweg war, wurde er immer langsamer, hat dauernd in seinem Buch gelesen und mit Francois gewitzelt, ich hätte es aber eilig, ich würde ja so rennen. Das zu verstehen hat mein Französisch jedenfalls gereicht. Offenbar konnte er es gar nicht vertragen, wenn jemand anderes als er die Spitze übernahm und wahrscheinlich schon gar nicht, wenn dieser jemand auch noch eine Frau war. Ohnehin bin ich viel lieber mit Francois gelaufen. Anfangs fand ich es ja auch durchaus angenehm, dass mal jemand anderes der ‚Pfadfinder' war, das war ich ja von früher her mit dem Langen gar nicht gewöhnt. Xavier war sehr gut vorbereitet, immer auf den Straßenverkehr achtend und wenn die Autos mal zu dicht ran kamen, hat er mit dem Buch gewedelt, um auf uns aufmerksam zu machen und die vorbei rauschenden Fahrzeuge auf Abstand zu halten. Aber dieses Jedermann ein „Santiago, peregrin a Santiago!"entgegen zu schreien und dann dieses Moses-am-roten-Meer-Gehabe waren mir einfach zu viel! Nun bin ich wieder richtig flott unterwegs, es geht nur noch durch Dörfer und neben Landstraßen und ich kaufe mir unterwegs Bananen und Wasser und mache Fotos, ohne genervte Blicke zu kassieren. Unterwegs hole ich die beiden natürlich wieder ein, aber als ich sie sehe, winke ich nur – und kehre erst mal auf mein erstes Radler des Tages ein. Kurze Zeit später hole ich sie schon wieder ein und wir laufen noch mal ein Stück gemeinsam durch den Wald auf einer alten Römerstraße und als wir aus dem Wald herauskommen, schaut man zum ersten Mal hinab aufs Meer. Ich laufe den deutlichen Pfeilen nach, die um die ersten Häuser herum und durch den Wald führen und

Xavier weiter an der Straße entlang– jedenfalls sage das sein Buch (wer hatte noch vor kurzer Zeit gemeckert, er wolle den Camino laufen und nicht an der Straße entlang?). Dadurch sind die beiden dann nach einer Weile wieder vor mir, ich sehe sie, als mein Weg aus dem Wald heraus erneut auf die Straße trifft. Sie stehen in einem Restaurant und diskutieren, was es als Mittagsgericht gebe (wer wollte heute unbedingt ohne Essen durchlaufen - wegen der Hitze?). Und hier sehe ich sie nun wirklich zum letzten Mal, winke Francois zum letzten Mal zu, denn ich laufe auf jeden Fall durch, es ist in der Tat sehr heiß, 32 oder 33 Grad und ich gehe ohne Pause weiter bis Porto. Meine Kalorienzufuhr regle ich heute nur über Bananen und Radler, das reicht auch mal. Schließlich komme ich in Nova Gaia den Berg wieder hinunter, den wir vorher über die alte Römerstraße im Wald aufgestiegen waren. Ich spüre meine Füße kaum noch, die laufen mal wieder ganz von alleine.

Man kommt auf diesem Weg über die berühmte Brücke Ponte Luis nach Porto hinein. Ein ziemlich gigantischer Anblick! Mir wird ganz schlecht und schwindlig, wenn ich nach unten sehe, die Schiffe sind ganz klein, so weit oben sind wir. Ich kann kaum an das Geländer herantreten, um Fotos zu machen. Ganz oben fährt die Metro und laufen Fußgänger, auf einer Ebene weiter unten fahren die Autos.

Alte Römerstraße

Blick von Gaia Nova auf Porto

In Porto angekommen ist es erst 14.00 Uhr und ich hole mir erst mal einen Porto-Stempel und trinke noch ein schönes, kaltes Bier, mit Blick auf die berühmte Brücke. Unterwegs zum Busbahnhof, ich kenne mich ja schon aus in Porto, mache ich einen Umweg zur Einkaufsstraße, der Bus nach Braga geht erst um 16.00 Uhr und kaufe mir ein billiges neues T-Shirt bei H & M - ich kann mich buchstäblich selbst nicht mehr riechen in meinem Shirt!! Im Bus könnte es keiner aushalten, neben mir zu sitzen, denke ich. Aber als ich dann schließlich im Bus bin und vorne rechts sitze, links der Busfahrer und dahinter noch ein anderer Mann, stelle ich tief befriedigt fest, dass mindestens einer von den beiden mehr stinkt als ich!

In Braga angekommen staune ich zunächst mal über die unerwartete Größe der Stadt. Ein altes portugiesisches Sprichwort sagt, „in Porto wird gearbeitet, in Coimbra studiert und in Braga wird gebetet". Dafür soll es in Braga 365 Kirchen geben, für jeden Tag des Jahres eine. Ich bin rasch sicher, dass das stimmt. Schon vom Bus aus und auf dem weiteren Weg zu Fuß in die Stadt sind an jeder Ecke Kirchen. Vom Busbahnhof aus kommt man über einen großen Platz in die Stadt. Der scheint die zentrale Plaza – oder portugiesisch ‚Praca' - von Braga zu sein, jede Menge Cafés, natürlich mehrere Kirchen, Blumenrabatten und Springbrunnen, Musik und viele, viele Menschen. Hier tobt echt das Leben und es gefällt mir auf Anhieb. Ich laufe gradewegs auf die Tourist Info zu und frage dort nach einer günstigen Pension. Es gibt zum Beispiel eine nur wenige Meter unterhalb der Tourist Info, direkt in Sichtweite dieses wunderschönen Platzes und ich habe sogar Glück und bekomme dort ein Zimmer. Eigentlich will ich ja morgen schon weiter laufen nach Ponte de Lima – aber was ich so auf den ersten Blick von dieser Stadt sehe, da reicht mir ein einziger Abend wohl eher nicht. Wenn ich einen Tag bleibe, könnte ich mir in Ruhe die Wallfahrtskirchen Bom Jesus do Monte und

Sameira ansehen, die beide etwas außerhalb liegen. Und noch während der Mann an der Rezeption fragt, wie viele Nächte ich bleiben möchte, habe ich im Geiste umdisponiert und sage, „zwei Nächte“. Von Braga möchte ich mehr sehen und wenn ich dann mit dem Bus bis Ponte de Lima fahre und erst ab dort weiterlaufe, klappt auch mein Zeitplan wieder. Ok, beschlossene Sache.

So dusche ich in aller Ruhe, ziehe dann das neue T-Shirt (mmmmmhhh! Angenehm!) an und bummele erst mal ganz gemütlich durch die Stadt. Überall Blumen, sehr sauber, schöne Geschäfte und Bars und Kirchen, Kirchen, Kirchen. Unterwegs esse ich irgendwo (Grillfleisch und Pommes, mal was ganz anderes) und lande schließlich in der Dämmerung wieder auf dem großen Platz. Dort setze ich mich bei einem leckeren Rotwein in eines der Cafés. Vielleicht sollte ich morgen hier essen? Schöne Speisekarte, mal mehr übergreifend-mediterran, Pasta und Fisch, ein sehr netter Kellner, der ausgezeichnet Englisch spricht. Ob er Student sei, frage ich. Nein, wie komme ich darauf? – Wegen seines ausgezeichneten Englisch. Das hat er nur durch den Kontakt mit Touristen und ausländischen Studenten gelernt, erzählt er. Ich erinnere mich daran, dass eine Lehrerin von mir mal gemeint hat, Sprachen lerne man am besten im Bett, ich frage ihn aber nicht weiter.

So sitze ich hier also noch eine Weile, plane den morgigen Tag und genieße das Leben bei einem guten Wein. Ich fühle mich auf eine ruhige Art zufrieden, ich weiß was ich kann, was ich mir zutrauen kann und ich genieße jeden neuen Tag. Aber zum ersten Mal auf diesem Camino tut es mir auch ein bisschen weh, dass ich jetzt gerade alleine bin. Es ist ein so herrlicher Moment, den ich gerne teilen würde. Bisher war jeder Tag schön, egal, ob ich alleine war oder nicht. Ganz im Gegenteil, ich habe die Momente alleine eher genossen, z.B. vorhin innerhalb von Sekunden meine bisherige Planung anpassen zu können an das, was mir als die schönere Alternative erscheint. Nicht, dass ich nicht bereit wäre, die Für und Wider einer Entscheidung zu diskutieren, das war ich immer. Der Lange war nie bereit, irgendetwas zu diskutieren. Entweder er hat gesagt, „ok, dann machen wir es halt so“. Ohne mir eine Gelegenheit der Begründung, dafür aber das Gefühl zu geben, völlig irrationale und unbegründete Entscheidungen zu treffen und dann habe ich mich einfach mies gefühlt, wie jemand, der egoistisch einfach über den Kopf des Partners hinweg bestimmt. Oder er ist ausgerastet und war stinksauer, „weil doch alles besprochen und klar war und wieso denn jetzt wieder ganz was Anderes“. Ich hätte die Gründe sehr gerne besprochen. Meine Freundin Beate hat mir vor einiger Zeit mal gesagt, sie kenne mich als jemanden, der guten Argumenten immer zugänglich ist. Aber argumentieren und diskutieren, das hatte der Lange ja rundweg abgelehnt und wäre bei dem Versuch, es doch zu tun, wohl wieder einfach abgehauen.

Donnerstag, 24. September - Braga

Das Frühstück ist für hiesige Verhältnisse ganz gut, auf jeden Fall bin ich satt und der Kaffee ist richtig gut. In der Tourist Info frage ich, welcher Bus zum Santuario Bom Jesus do Monte fährt und wann. Ich habe noch etwas Zeit und bummele durch die Geschäftsstraße, wo die Läden grade öffnen. Vor einer Boutique steht ein junger Farbiger, Anfang 20 vielleicht, und putzt die Fenster des Ladens. Er trägt eine schwarze Jeans und ein weißes geripptes Unterhemd, die Haare in kleinen Zöpfchen um den Kopf geflochten und ist schön wie eine römische Statue. Ich bleibe ganz fasziniert stehen und möchte am liebsten ein Foto von ihm machen, um zu zeigen, dass Braga nicht nur schöne Kirchen hat. Er ist wirklich eine Augenweide, aber ich glaube, er weiß das ziemlich genau. Nur leider bin ich zu feige, das Foto einfach zu machen oder gar deswegen zu fragen. Später auf dem Weg frage ich einmal eine einfache Bäuerin mit einer Kuh, ob ich sie fotografieren darf, ohne Probleme, aber hier traue ich mich nicht und komme mir hinterher blöd vor. Ganz schön albern.

Ich mache mich auf den Weg zur Bushaltestelle, um die fünf km zum Santuario Bom Jesus zu fahren. Unterwegs habe ich noch Zeit, mir zwei Kirchen anzusehen, eine davon die Kirche Santa Cruz. Es ist gerade Messe und ich stelle fest, dass die Morgenandacht an einem ganz normalen Donnerstag in Portugal voller ist als bei uns zu Hause das sonntägliche Hochamt. Klar sind es überwiegend ältere Leute, nicht jeder hat morgens um kurz nach 9 Uhr Zeit für die Heilige Messe, aber es sind eben nicht nur alte Leute, auch ein paar Hausfrauen und Jugendliche sind dabei. Ich denke an Krakau, das ich vor zwei Jahren mit meiner Schwester besucht habe und den jungen Mann, der in der Marienkirche am Marktplatz der Länge nach und bäuchlings vor dem Altar lag. Sowas hatte ich zu Hause noch nie gesehen. Hier in Portugal sieht und fühlt man eine ähnlich tiefe Religiosität, die mich sehr beeindruckt. Und ich denke wieder an den Mann im Anzug und mit Aktenkoffer, der in Coimbra bei der Beichte gewesen war.

Direkt neben der Bushaltestelle ist ein Pingo Doce – endlich sehe ich einen dieser großen Supermärkte, von denen ich schon bei den beiden schweizer Pilgern gelesen hatte. In den Dörfern unterwegs gibt es nur Tante-Emma-Läden, teilweise recht Abenteuerliche und in Coimbra war ich nur in der Altstadt unterwegs gewesen. In Fatima hatte ich einen gesehen, aber da musste ich noch nichts einkaufen gehen, das wäre nur unnötiger Ballast geworden. Aber nun weiß ich, wo ich heute einkaufen kann für morgen.

Der Bus kommt und ich steige ein. Die Fahrt dauert etwa eine halbe Stunde, die Endstation liegt direkt unterhalb von Bom Jesus am Eingang zu der Zahnradbahn, die auf den Hügel fährt. Natürlich nehme ich diese NICHT. Wenn ich schon hier heraus mit dem Bus fahre – ich wollte meinen Füßen heute mal mehr Luft gönnen und habe meine neuen Crocs an – dann laufe ich wenigstens die gesamte Treppe hinauf. Die Crocs sind, wie sich in Braga zeigt, übrigens ein wirklich supergutes Ausrüstungsteil für Pilger (und natürlich Fernwanderer). Früher hatte ich immer meine Teva-Sandalen dabei (700 Gramm), um auf den Wegen abends in die Bar oder bei Stadtbesichtigungen mal meine Wanderschuhe - und Füße – richtig zu lüften, sowie ein paar Flip-Flops (200 Gramm) für die Dusche. Die Crocs (auch nur 200 Gramm) decken wirklich beides ab, sie sind zum Duschen ebenso geeignet wie für die Stadtbesichtigung. Zugegeben, sie sind nicht grade attraktiv, aber auch Teva-Sandalen sehen nicht so richtig schick aus und hier bin ich ja nicht im Kleid oder Kostüm unterwegs. Funktionell sind sie allemal.

Ich laufe also die Treppen hinauf, die noch im Schatten der Bäume liegen und auf denen es recht kühl ist. Außer dem Reinigungstrupp, der die Blätter weg fegt und die Treppen reinigt, sind um die Zeit nur sehr wenige Besucher unterwegs. An jeder Kehre stehen kleine, pavillonähnliche Kapellen mit vergitterten Fenstern, in denen mit lebensgroßen Figuren die Szenen des Kreuzwegs dargestellt sind. Vor jeder der vergitterten Türen stehen Kerzen (sogar echte, keine elektrischen wie sonst!) und liegen kleine Opfergaben, Blumen, kleine Gebinde, Gebete. Auf dem letzten Stück verlaufen die Treppenstufen jeweils rechts und links und auf jeder so erklommenen nächsthöheren Plattform gibt es einen Brunnen mit Wasserspeiern und jeder dieser Brunnen ist individuell gestaltet, keine zwei sind gleichartig. Die Szenen in den Kapellenpavillons werden immer grausiger und blutiger, das Aufsetzen der Dornenkrone, Jesus wird ausgepeitscht und ans Kreuz geschlagen. Durch die lebensgroßen Figuren sehen die Szenen aus wie aus einem Horrorfilm. Als Mel Gibson es gewagt hat, das Leiden Christi derart realistisch darzustellen, ging ein Aufschrei der Entrüstung durch die katholische Kirchengemeinde. Die Portugiesen müssen den Film geliebt haben, denke ich jetzt. Warum will die katholische Kirche den Leidensweg Christi nur so … so – wie soll ich sagen – ‚distanziert' und abgehoben betrachtet sehen? Vielleicht müssen wir uns das wirklich einmal deutlicher vor Augen führen lassen. Und daran denken, dass er gesagt hat, „was ihr dem geringsten meiner Brüder zufügt, das fügt ihr mir zu". Würde man das beherzigen, wie viel Schlimmes gäbe es weniger auf der Welt.

Ich bin oben angekommen und stehe auf einem großen Platz vor dem Santuario. Der Blick von hier aus geht über ganz Braga. Ähnlich wie am Herkules in Kassel auf die Wasserspiele von Wilhelmshöhe, schaue ich auf die Stufen und Brunnen hinab und kann erst von hier die Schönheit der ganzen Anlage erfassen. Es ist wieder herrlich heute, noch nicht so heiß, aber der Himmel ist blau und die Sonne scheint. Es sind noch kaum Leute unterwegs und der Getränkestand sowie der Andenken-Shop öffnen grade erst. Ich betrete die Kirche, ganz leise Musik ertönt hinter dem Altar, ich bin im Moment die Einzige hier. Und nun verstehe ich auch, warum man Bom Jesus do Monte „eine Perfektionierung des Kreuzweges" nennt, denn der Altar ist nicht einfach nur ein Kreuz und auch kein mehr oder weniger aufwendiges, normales Altarbild – der Altar ist Golgatha. Das heißt, ein künstlich angelegter Hügel, ein Kalvarienberg mit den drei Kreuzen und lebensgroßen Figuren, dazu eine trauernde Maria, die römischen Soldaten – die ganze

Kreuzigungsszene ist dort dargestellt. Eigentlich ist es kitschig, aber im Anschluss an diesen großartigen Treppenaufstieg mit seinen vielen Brunnen und den Kreuzwegkapellen rechts und links, hier in dieser Kirche, in der man die Andacht spürt, zusammen mit der leisen Musik ist es einfach nur die perfekte Vollendung.

Als ich wieder raus komme, ist offenbar grade ein Bus angekommen und es wird voll. Ein Schild weist den Weg zum Santuario de Sameira, gibt aber nicht an, wie weit es ist und langsam wird es wieder heiß. Da es hier immer voller wird, beschließe ich, einfach mal loszulaufen. Auf dem Weg aus der Stadt habe ich es vom Bus aus gesehen, sehr weit kann es nicht sein. Sameira ist nach Fatima das zweitwichtigste Marienheiligtum in Portugal. Ich habe in der gleichen Quelle davon gelesen, aus der ich auch den Hinweis auf Braga und Bom Jesus do Monte hatte, einem Reisebericht ebenfalls vom Camino Portugués. Ich habe mich zwar über 90 Prozent des Buches geärgert, angefangen mit der Tatsache, dass der Autor gar nicht wie im Untertitel angekündigt, den Weg von Fatima aus beschreibt, denn er ist von Porto nach Fatima mit dem Bus gefahren und zurück nach Porto ebenso. Dann die arrogante, bornierte, von Vorurteilen gespickte Art, in der der Autor seine Ansichten übers Pilgern zum besten gibt, gepaart mit seinem gönnerhaften Machoverhalten, das er nach eigener und überaus selbstgefälliger Beschreibung unterwegs auch seiner Freundin gegenüber an den Tag legt – das alles hat mich nicht nur genervt, es hat mich so zornig gemacht, dass mich jeder Cent geärgert hat, den ich für das Buch bezahlt hatte. Aber ich kann nicht leugnen, dass ich meinen Abstecher nach Braga diesem Buch verdanke. Ohne die Anregung aus dem Buch hätte ich nie davon gehört und wäre auch nicht auf die Idee gekommen, im Internet nach diesem Ziel zu suchen. Also wie man sieht, aus allem Schlechten kommt auch immer wieder was Gutes.

So laufe ich also immer weiter, es ist ziemlich heiß, bestimmt schon drei bis vier Kilometer und bin schon am überlegen, ob ich umkehren soll, als ich ganz plötzlich davor stehe. Erst einmal geht es wieder Stufen hinauf, ohne Schatten in der Hitze. Aber es hat sich gelohnt. Die blendend weiße Kuppel der Kirche leuchtet in der Sonne. Davor gibt es zwischen kleinen Bäumen eine Christusstatue, die mit flehend zum Himmel erhobenen Händen zwischen den Bäumen kniet. Jesus auf dem Ölberg. Sehr anrührend, diese Szene. Im Innern der Kirche ist es angenehm kühl. Im Untergeschoß gibt es eine Krypta, die eine ebenso riesige Wallfahrtsstätte wie die moderne Kirche in Fatima beherbergt. Groß, nüchtern, aber mit schönen Wandmosaiken. Bruchstücke einer Statue sind in einer Nische ausgestellt, laut einer Schrifttafel die ursprüngliche Statue der Jungfrau von Sameira, die von Kriminellen zerstört wurde. Wie durch ein Wunder blieb nur das schöne Gesicht völlig unbeschädigt und nun möchte man die Statue wieder restaurieren. Als ich aus der Kirche komme, hole ich mir erst mal einen Stempel – ich habe schon in Bom Jesus keinen bekommen. Aber hier klappt es und ich frage in der Information nach einem Bus zurück nach Braga. Leider hat der grade eine größere Pause und so beschließe ich, wieder nach Bom Jesus do Monte zurückzulaufen und doch noch die Zahnradbahn abwärts zu nehmen. Wenn ich bis hierher laufen konnte, schaffe ich es auch wieder zurück, die Crocs sind dafür wirklich ausreichend. Zurück laufe ich auf der anderen Seite von Sameira vorbei und dann zurück durch einen wunderschönen Park, mit Rastplatz und kleinem Teich unter hohen Bäumen. Hier im Schatten geht es sich viel angenehmer als an der Straße und die Bäume duften in der Wärme. Als ich wieder beim Bom Jesus ankomme, habe ich noch 10 Minuten bis zur Abfahrt der Bahn – ha, Zeit genug für ein kühles Radler, das ich mir in der Hitze echt verdient habe. Die Bahn abwärts fährt richtig flott und ganz offenbar sind die Abfahrtszeiten des Busses auf die Zeiten der Bahn abgestimmt, der Bus wartet unten nämlich schon und so bin ich schnell wieder zurück in der Stadt.

Zurück in Braga schaue ich mir zuerst einmal die Kathedrale an. Sie hat die mit Abstand prächtigste Orgel, die ich je gesehen habe. Im Turmaufbau des Mittelschiffs angebracht, dazwischen eine schlichte Holzdecke – einfach nur überwältigend, diese Pracht. Ich habe schon viele Kirchen besichtigt, aber eine solche Orgel sehe ich zum ersten Mal. Ein vergitterter kleiner Raum enthält hunderte von Reliquienschreinen in allen Größen, mit allen Reliquien, die die Kathedrale im Laufe der Jahrhunderte angehäuft hat, mikroskopisch kleine Knochensplitter, die irgendeinem Heiligen zugeschrieben werden. Aber als ich mir die Bischofsgräber in der Kathedrale ansehe, ertönt hinter einer Tür laute Musik – und es läuft grade „Bye, bye Love" von Simon and Garfunkel. Irgendwie makaber …
Als ich aus der Kathedrale komme, begegnen mir gleich die gelben Pfeile, sie führen aus der Stadt heraus. Sie sehen sehr frisch aus, offenbar gerade erst neu gemalt. Der Weg ist scheinbar sehr gut gekennzeichnet. Ich gehe aber zunächst mal zu dem Pingo Doce, den ich morgens gesehen hatte und kaufe für unterwegs ein – am wichtigsten sind mir Wasser und Bananen. Ich muss immer gekauftes Wasser verwenden. Xavier hat sich unterwegs darüber gewundert. Die beiden haben ihre Flaschen immer aus den Brunnen gefüllt, das sei kein Problem. Also habe ich es auch versucht – und prompt wieder massiv Montezumas Rache zu spüren bekommen. Mir bekommt es nun einmal nicht, das Wasser aus den Leitungen.
Ich laufe den ganzen Tag durch die Stadt und schaue mir die Parks und Kirchen an. Abends gehe ich zuerst kurz zum Duschen, zahle schon mal, weil ich früh zum Bus will und gehe dann noch einmal zurück auf die wunderschöne Plaza, wo ich mir bei meinem netten englischsprechenden Kellner ein lecke-

res Pasta-Gericht gönne und wieder einen ebenso guten Alentejo und verabschiede mich von dieser wunderschönen Stadt, in der ich auch gut noch einen weiteren Tag hätte verbringen können.

Freitag, 25. September - Rubiaes

Ich bin frühzeitig am Busbahnhof und habe noch Zeit für einen Kaffee. Außer mir ist noch ein Fahrgast im Bus, der hinter dem Fahrer sitzt und mit ihm plaudert. Wieder ist es so, dass einer von beiden weitaus strenger riecht als ich – na ja, heute bin ich ja auch gerade erst frisch geduscht! Außerdem hat der Fahrer am kleinen Finger einen Fingernagel wie ein Raptor, nur dreckiger! Keine Ahnung, wo diese häufig zu findende Marotte der südeuropäischen Männer herkommt. Ist das vielleicht der ‚Finger der Reinlichkeit'? Diese Szene aus einem alten Film fällt mir natürlich sofort wieder ein. Der Film „Die Nacht als Minsky aufflog", in der ein Mann die Bedeutung und Aufgabe der einzelnen Finger erläutert: „Dies ist der Finger des Transportes (*Daumen*), dies der Finger der elterlichen Strenge (*Zeigefinger*), das ist der Finger der ehelichen Treue (*Ringfinger*), der kleine ist der Finger der Reinlichkeit (*mit dem kleinen Finger tief im Ohr!*) und dieser (*Mittelfinger*) – ist der Finger der Einmischung in das Leben fremder Personen!" Und bei der letzten Aussage tippte der Sprecher seinem Gegenüber mit dem Mittelfinger immer wieder heftig auf die Brust. Genau so hatte Oma immer da gestanden und uns mit ihrem Mittelfinger durchbohrt und dabei gesagt, „Und das sage ich Dir …!", und dann kam irgendein Vorwurf. Was haben wir damals über diese Szene gelacht – eben wegen Omas Marotte. Auf der letzten Etappe dieses Caminos habe ich Ramon, einen

Spanier, den ich später treffe, nach diesem „maritimen Finger der Reinlichkeit" gefragt und er hat das Gesicht verzogen, als hätte er grad eine Wurzelbehandlung und nur gemeint, er verstehe das auch nicht. Jedenfalls habe ich diesen einen überlangen Fingernagel am kleinen Finger bei Männern sowohl in Portugal als auch in Spanien sehr häufig gesehen.

Heute darf ich sogar meinen Rucksack mit in den Bus nehmen, wohl weil er sehr leer ist. Der Bus. Und was für ein Glück, wie sich herausstellt - unterwegs kommt plötzlich ein junger Mann nach vorne und weist den Fahrer aufgeregt darauf hin, dass der Kofferraum weit offen steht. Den Rucksack hätte ich schön suchen können, wahrscheinlich in allen Einzelteilen über die gesamte Strecke verteilt. Das war wohl mein Pilgerbonus, dass ich in heute ausnahmsweise mit in den Bus nehmen durfte.

Erst kurz vor Ponte de Lima wird der Bus voll, lauter Schulkinder, die jetzt einsteigen. An einer der Haltestellen kommen zwei Jungs etwas zu spät. Der Bus will eigentlich schon los fahren, aber der Fahrer wartet, als er sie sieht – und sie kommen ganz gemütlich zum Bus geschlendert, ohne die geringste Hast oder Eile! Wenn ich daran denke, wie oft mir der Schulbus zu Hause früher vor der Nase weggefahren ist und der Fahrer dann auch noch feixend hinter seinem Lenkrad saß!

In Ponte de Lima angekommen ist die Tourist Info noch geschlossen – fast noch eine Stunde – und die Herberge schon zu. Das heißt: kein Stempel von Ponte de Lima. Dafür kriege ich in der Messe gerade noch den Schlusssegen mit. Als ich die bekannte Brücke überquere, treffe ich die erste Pilgerin auf diesem Abschnitt, eine Holländerin, die mir entgegen kommt, weil sie heute einen Tag aussetzen möchte. Es wird sehr heiß und vor mir liegt der einzig größere Anstieg. Der Weg hinter der Brücke startet wunderschön durch die Weinberge, mit einer

Bom Jesus do Monte in Braga

Ponte de Lima

Etappe, die offenbar bei Regen häufig überschwemmt und nicht begehbar ist, wie ich gelesen habe. Heute aber ist es trocken, der Weg schattig und wunderschön. Überall ist man bei der Traubenernte.

Kurz vor dem Anstieg am Cruz de Franceses mache ich Rast an einer kleinen Kapelle und die Señora in der Supermarkt-Bar nebenan, die mir mein Panaché – in Portugal heißt es genau wie in Frankreich – , also mein Radler, mixt, sagt mir, der Weg liege aber schön im Schatten und sei sehr angenehm zu gehen. Das finde ich dann auch, aber die Australier, die ich unterwegs treffe, sehen teilweise ganz schön fertig aus. Drei australische Ehepaare sind es, die schon zum zweiten Mal in Europa sind, um den Jakobsweg zu gehen. Vor zwei Jahren sind sie den Frances gegangen, ab St. Jean, und dieses Jahr den Portugués ab Lissabon, wobei sie auch den Abstecher über Fatima gewählt und zwischen Santarem und Coimbra den Bus genommen haben, weil einfach die Markierung so schlecht war, sie sich dauernd verlaufen haben und mit der Hitze Probleme hatten. Sie wollen heute bis zur Herberge Rubiaes und so verabschiede ich mich mit „see you later", denn dort will auch ich hin.

Die Herberge ist bald erreicht und zunächst glaube ich, dass ich die erste bin. Einen Hospitalero gibt es nicht, nur ein Gästebuch und daneben eine Kasse. Die Herberge ist ‚donativo', also auf Spendenbasis. Laut Gästebuch sind heute schon zwei Österreicher angekommen, die aber nirgends zu sehen sind. Ich gehe nach oben, in ein 8er Zimmer, aber offenbar ist dort noch niemand. Ich nehme das obere Bett am Fenster und suche erst mal die Dusche. Die Herberge ist ganz neu, könnte mal wieder geputzt werden, ist aber so weit sehr schön. Auf den Toiletten ist genial weiches Klopapier – meine persönlichen Prioritäten sind damit klar erfüllt. Ich dusche erst einmal und nehme mir sogar die Zeit, mir die Haare zu stylen, die ich den ganzen Tag schweißverklebt unter meinem Hut versteckt habe. Als ich aus der Dusche komme, sind auch die Australier eingetroffen und erst jetzt sehe ich, dass es hier unten einen großen Schlafsaal gibt, in dem ein paar Betten belegt sind und in den auch die Australier jetzt gehen. Ok, habe ich halt oben ein Privatzimmer, soll mir recht sein. Die eine der Australierinnen spricht mich an und wir unterhalten uns kurz über den Weg, bis sie mich fragt, woher ich komme. Nun ja, ein langes Gedächtnis hat sie offenbar nicht, das habe ich doch unterwegs schon erzählt. „Germany, Frankfurt" sage ich daher etwas herausfordernd. „Oh. We've met another lady from Frankfurt on the way here! – Wir haben unterwegs noch eine Frau aus Frankfurt getroffen!" Will sie mich verkaspern?? "Das war ICH - That was ME!" sage ich. Sie sieht mich völlig überrascht an. Sehe ich jetzt so anders aus? Sie entschuldigt sich mehrmals, sie habe mich gar nicht erkannt, ich sähe so verändert aus! Also doch. Da kommt ihre Freundin aus der Dusche und beteiligt sich ebenfalls an der Unterhaltung, nach einer Minute fragt sie mich, wo ich denn herkomme. „Frankfurt, Germany", sage ich leicht genervt. "We've met another lady from Frankfurt on the way here!" sagt auch sie! Oh je, langsam wird mir bewusst, wie Scheiße ich unterwegs mal wieder ausgesehen haben muss und ich muss lachen. „That WAS me" erkläre ich auch ihr und sie fängt ebenfalls an, sich zu entschuldigen. Ich lache immer noch und sage ihr, dass ich wohl ziemlich schlimm ausgesehen habe, wenn mich geduscht und frisch geföhnt keiner mehr erkennt, aber das gehe mir ja hoffentlich nicht alleine so und wir lachen herzlich drüber.

Etwa einen halben Kilometer die Straße entlang soll es ein Lokal geben und wir laufen alle zusammen dorthin, um eine Kleinigkeit zu essen. Unterwegs kommen uns die beiden Österreicher entgegen, die vor mir im Gästebuch stehen und die auch dort waren. Es gebe kein Mittagessen mehr, sagen sie.

Eine Frau führt ihre Kuh stolz an der Leine

Cruz de Franceses

Mir egal, das bisschen was ich esse, kann ich auch trinken, entgegne ich. Ich kann den Wirt dann doch zu ein paar Bocadillos überreden, dann gehen wir eben später zum Abendessen, überlegen wir gemeinsam, es ist ja noch recht früh. Ich gehe auch bald wieder zurück zur Herberge, da ich im Aufenthaltsraum noch mein Reisetagebuch führen möchte. Inzwischen sind weitere Pilger angekommen. Im Innenhof sitzt ein Spanier und liest in einem dicken Buch. Seine Füße sind rundum getaped, offenbar hat er sich ziemliche Blasen gelaufen. Oder will sich vor eben solchen schützen, auch die Variante kenne ich inzwischen. Er ist in Porto gestartet, antwortet er auf meine Fragen, bleibt aber sehr einsilbig und will offenbar lieber lesen. Auch gut. Dann schreibe ich nun, wie geplant. Während ich im Aufenthaltsraum die Seiten fülle, geht die Tür auf und die Australier kommen ebenfalls wieder zurück, allen voran Chrys mit einer Plastiktüte in der Hand, aus der es verräterisch klirrt. Ich schaue auf die Tüte, schaue ihn an und wir fangen beide an, schallend zu lachen. „Weisst Du“, sage ich, „ich habe echt darüber nachgedacht, das ebenfalls zu tun und noch was zu trinken mitzunehmen, aber dann habe ich mir gesagt, wie sieht das denn aus und habe dann doch lieber Abstand davon genommen!“ Die Tür zum Innenhof geht auf und es kommt ein energisches „Pssssst“ von dem Spanier. „Es schlafen Leute“, sagt er böse. Ups, da sind wir aber jemandem auf die Füße getreten – auf die bandagierten. Chrys und ich ziehen schuldbewusst die Köpfe ein und entschuldigen uns. Auch die Australier wollen sich eine Weile hinlegen und ich schreibe weiter und lese dann noch die nächste Etappe nach. Eine Weile später kommen der Spanier und ein anderer Pilger mit ihrem gesamten Gepäck aus dem Schlafsaal, gehen an mir vorbei und die Treppe hinauf in den kleinen Schlafraum, in dem ich mich niedergelassen hatte. Aus mit dem Privatzimmer. Ich schaue ihnen misstrauisch nach. Offenbar haben sie meinen missbilligenden Gesichtsausdruck gesehen und richtig gedeutet, denn der Spanier kommt wieder herunter und fühlt sich genötigt mir zu erklären, warum sie umgezogen sind. In dem Schlafsaal schnarche einer, so was habe er in seinem Leben noch nicht gehört, erzählt er mir, darum haben sie das Weite gesucht und in ‚meinem' Schlafraum auch gefunden. Der andere, ein großer Weißhaariger, Mexikaner wie sich herausstellt, erzählt mir, er übernachte seit 40 Jahren in Jugend-, Pilger- und Wanderherbergen, aber so was habe er in seinem Leben noch nicht gehört. Ich denke an den Koreaner letztes Jahr in der Meseta, der hier muss ähnliche Klangqualitäten haben.

Als ich später mit den Australiern wieder in der Bar beim Abendessen sitze, kommen auch der Spanier, der Mexikaner und die beiden Österreicher und setzen sich an den Nachbartisch. Eine der Australierinnen meint, die beiden seien vorhin aus ihrem Schlafsaal ausgezogen und ich erzähle ihr warum. Die Australier schauen sich gegenseitig an und ein wahrer Lachsturm bricht bei ihnen los – außer bei einem von ihnen, der lacht gar nicht. Offenbar ist er der „Schnarcher", um den es geht und bei seinen Freunden dafür wohlbekannt.

Nach dem Abendessen machen wir uns alle wieder auf den Rückweg zur Herberge. Chrys und die anderen stellen Tisch und Stühle aus dem Aufenthaltsraum in den Innenhof, es ist ja noch so schön warm draußen, und dann holt er seine am Nachmittag erstandenen Vorräte. Und während die beiden Österreicher schlafen gehen, setzen sich Ramon, der Spanier und Rodolfo, der Mexikaner, noch zu uns und trinken ein Glas Wein mit. Ein richtig schöner Abend, mit dem üblichen interessanten Nationalitätenmix. Die Australier erzählen von ihrer Heimat und sind ganz überrascht, dass ich einiges über die Ureinwohner Australiens weiß – was ich, wie ich gestehe, aus einem Film mit dem Titel „Rabbit Fence" habe. Der hatte offenbar in Australien ziemliche Wellen geschlagen, packt er doch erstmals das Thema der Zwangsadoptionen von Mischlingskindern an.

Schließlich gehen wir schlafen und ich muss sagen, Ramon und Rodolfo schlafen beide absolut geräuschlos. Es war dann doch, als hätte ich den kleinen Schlafsaal für mich alleine.

Samstag, 26. September - Tui

Am nächsten Morgen piept um 6.00 Uhr ausgerechnet mein Handy – eine SMS von Hejo! Kurz danach geht auch Rodolfos Wecker. Die beiden packen sehr leise im Dunkeln ein, mein Angebot, das Licht ruhig anzumachen, schlagen sie aus. Als sie weg sind, bin ich mittlerweile auch hellwach und stehe ebenfalls auf, packe meinen Rucksack, mache meine Sachen fertig und dann mich auf den Weg. Es ist schon hell, als ich losgehe und es sieht wieder nach einem schönen Tag aus. Zunächst geht es über einen Feldweg, zum Glück von der Straße weg und dort, wo der Weg wieder auf die Straße stößt, ist gleich eine kleine Bar, so eine „Tienda – Bar“, eine Kneipe mit angeschlossenem Mini-Gemischtwarenladen, wie man sie auch in spanischen Dörfern häufig findet.

Heute habe ich also Glück - schon nach knapp zwei Kilometern gibt es Frühstück. Ich bestelle erst mal einen Milchkaffee, wobei ich mich bemühe, das Glas, in das der Kaffee gefüllt wird, möglichst nicht anzuschauen. Mein Chef Willi erscheint vor meinem inneren Auge und ich sehe buchstäblich vor mir, wie er sich angesichts des nicht allzu reinen Geschirrs mit Grausen abgewandt hätte! Diese Tatsache hartnäckig ignorierend, ist der

Kaffee in dem Glas unerwartet gut und als ich eines der völlig vertrocknet aussehenden, eingeschweißten Croissants bestelle, holt die Wirtin sogar eigens für mich einen ganz neuen Sack mit ebenso eingeschweißten, aber etwas weniger vertrockneten Croissants hervor. Die Männer in der Bar trinken das in spanischen und portugiesischen Bars zum Frühstück häufig anzutreffende ‚Herrengedeck' – einen Espresso und einen Brandy. Mengenmäßig geht das Duell dieses Herrengedecks meist zugunsten des Brandys auf. Ich erinnere mich, wie ich mit dem Langen auf unserem ersten Camino auf dem Weg nach Fisterra hinter Oliveroa nach ca. 8km in eine Frühstücksbar gekommen war, die einsam direkt an der Landstraße lag. Schon vor uns eingetroffen war das spanische Pärchen, von dem ich damals die weitgehend geräuschlose Methode des Zusammenpackens abgeschaut hatte – die beiden sammelten alles offen daliegende in ihren Schlafsack und nahmen dann den Schlafsack mitsamt Rucksack ganz leise mit nach draußen, um im Licht des Aufenthaltsraums oder der Küche ordentlich zu packen. Die beiden hatten uns mit der trockenen Bemerkung „wir haben uns schon gewundert, wo ihr bleibt!" empfangen, weil wir uns am Vortag ständig gegenseitig überholt hatten. Dann kam ein weiterer Gast, ein Mann, der eben solch ein ‚Herrengedeck' bestellte. Aber in der Zeit, die er für den Espresso brauchte, kippte er fünf weitere Brandy. Der Lange und ich hatten einander angeschaut, er hatte einen Blick nach draußen geworfen, wo neben einigen Autos ein Kleinlaster mit Gasflaschen stand, und gemeint, er hoffe, den fahre nicht dieser Typ. Auch das spanische Pärchen sah ihm mit unverhohlener Verwunderung oder eher angewiderter Faszination zu und nachdem er gegangen war, machte die junge Frau eine Bemerkung zu dem Wirt. Der meinte darauf hin, das sei bei dem Kerl Standard, der komme mittags wieder und steige dann um auf Cola-Rum, davon trinke er dann auch so vier bis fünf und zwar schneller, als er selbst sie mixen könne. - Er fuhr übrigens einen Traktor, nicht den

Gaslaster. – Und als wir schließlich rauskamen und weitergingen, verlief entlang des weiteren Weges eine ziemlich neue weiße Linie, die derart krumm und bucklig war, dass der Lange gemeint hatte, die habe wohl der Typ irgendwann NACH seinem „Frühstück“ gezogen …

Nachdem ich nun mein – staubtrockenes - Croissant (DAS konnte definitiv keine 10 Weightwatchers-Punkte gehabt haben! Da WAR gar kein Fett drin!) gegessen und meinen Kaffee getrunken habe, mache ich mich solchermaßen mehr oder weniger gestärkt wieder auf den Weg. Ich will heute bis Tui. Dort gibt es einen Parador und ich habe die Strecke so geplant, dass ich dort übernachten kann – quasi als Geburtstagsgeschenk an mich selbst, denn morgen ist mein Geburtstag. Ich wollte schon immer mal in einem Parador übernachten und das passt grade gut. Unterwegs überhole ich Ramon und Rodolfo, die mich fragen, bis wohin ich gehen will und mich dann ob meiner angekündigten Übernachtungspläne fragen, ob ich wohl ein „Pilger erster Klasse“ sei. Ich erkläre ihnen, das sei mein Geburtstagsgeschenk an mich selbst, was sie aber nicht wirklich zu überzeugen scheint. Ich habe das Gefühl, sie wollen lieber alleine weiterlaufen und mir sind sie eigentlich auch ein bisschen zu langsam, also ziehe ich vorbei. In herrlichem Wetter geht es wieder durch Weinberge, an denen die Reben an Ranken quer über den Weg wachsen und einem quasi wie im Schlaraffenland direkt in den Mund hängen.

Kurz vor Valenca stoße ich auf die beiden Österreicher. Wir hatten uns gestern nicht so richtig bekannt gemacht, weil wir an entgegen gesetzten Enden der langen Tafel gesessen hatten, das holen wir jetzt nach. Ludwig und Sebastian sind auch bereits seit Lissabon unterwegs und haben in Mealhada mit zwei Franzosen bei den Bombeiros übernachtet – sollten das ‚meine’ beiden gewesen sein? Sie waren es nicht, aber das zeigt sich erst viel später. Ludwig ist auf seinem zweiten Jakobsweg, den Frances hat auch er schon gemacht und sich wegen der Menschenmassen dort in diesem Jahr für den Portugués entschieden. Seinen Freund Sebastian hat er überredet, ihn zu begleiten. Sebastian hat eine unheilbare Augenkrankheit, die dazu führt, dass er in den nächsten Monaten wahrscheinlich ganz erblinden wird. Schon jetzt kann er nur noch einen Umkreis von 2-3 Metern scharf erkennen und alles, was weiter weg ist, erscheint nur noch ganz verschwommen. Vielleicht kann er irgendwann noch hell und dunkel voneinander unterscheiden, wenn er Glück hat, sagt er.

Das ist wieder so ein Schicksal, das einen erst mal schweigsam macht. Sebastian ist höchstens in meinem Alter, geht es mir durch den Kopf. Später erfahre ich, er ist jünger, erst 49. Gelernter Metzger, aber im letzten Jahr hat der Chef gemeint, es gehe nicht mehr und jetzt hat er grade die Frührente zuerkannt bekommen. Ludwig hat ihn zu dieser Tour überredet, auch um ihm zu zeigen, was er noch alles schaffen kann. Und so geht er seinem Freund voraus, passt auf, dass er rechtzeitig über die Straße kommt und eine Lücke im Verkehr erwischt, die groß genug ist. Er macht ihn auch auf viele Dinge unterwegs aufmerksam, z.B. sagt er „da oben ist eine einzige kleine Wolke am blauen Himmel, die sieht ein bisschen aus wie ein Hundekopf. Kannst Du die noch erkennen?“ und da sehe sogar ich den Hundekopf oder er beschreibt andere Aussichten in der Ferne, die Sebastian nicht mehr sehen kann. Dabei bleibt er selbst immer sachlich, ist nie bestimmend oder gar bevormundend. Ich denke an Xavier und sein Moses-teilt-das-Rote-Meer-Getue. Ludwig steht neben Sebastian am Straßenrand und sagt nur ruhig „Sebastian – jetzt“ und sein Freund rennt los. Wie verschieden diese beiden die Rolle des „Aufpassers“ übernommen haben. Und vor allem, wie sehr Sebastian seinem

Freund vertraut, dass er auf sein Stichwort buchstäblich „blind“ über eine viel befahrene Straßen läuft.

So laufen wir drei gemeinsam in Valenca ein. Die portugiesische Grenzstadt wird beherrscht von dem gewaltigen Fort, das den Altstadtkern einschließt und den neuen Teil der Stadt überragt. Wir laufen erst mal eine ganze Weile drum herum, wobei Ludwig Sebastian auf Besonderheiten in der Umfassungsmauer hinweist, die dieser aufgrund der visuellen Einschränkung sonst vielleicht nicht registrieren würde. Ich hätte es auch nicht gesehen und so lerne ich nebenbei noch was über mittelalterliche Abwasserentsorgung.

Im Inneren der Stadtmauer ist es sehr touristisch, jede Menge Lokale und Andenkenläden. Die beiden wollen erst mal was essen und ich frage, ob ich mich anschließen darf. Klar, ich sei herzlich willkommen. Wir finden ein kleines Lokal etwas abseits, in dem es relativ günstige kleine Gerichte gibt. Ich habe mich dieses Jahr irgendwie auf Omelette verlegt und mit Ludwig trinke ich dazu eine kleine Flasche Weißwein. Die beiden bestehen darauf, mich einzuladen, was mir erst unangenehm ist – deswegen hatte ich sie nicht gefragt, ob ich mich dazu setzen kann. Aber dann denke ich an Gerda, meine Freundin Gerda vom Pilgertreffen in der Eifel. Gerda hatte nachmittags Rotwein für den Abend eingekauft, sie hatte Zeit „totzuschlagen“, weil sie die angesetzte Wanderung aufgrund einer Fußverletzung nicht mitmachen konnte. Als ich einen Anteil an dem Wein bezahlen wollte, hatte Gerda das strikt abgelehnt. Am anderen Morgen beim Frühstück dann hatte ich ihr Frühstück mit bezahlt und ihr gesagt, „das ist für den Wein gestern“. Gerda hatte mich nachdenklich angeschaut und ganz ruhig gesagt, „Du kannst auch nicht einfach nur mal danke sagen!“ Ich hatte mich richtig „erwischt“ gefühlt. Da war ein Mensch, den ich erst einen halben Tag kannte und gleich hatte sie den Finger in eine Wunde gelegt. Seit über einem halben Jahr gehe ich zu einer Selbsthilfegruppe und eines meiner zentralen Themen ist offenbar, dass ich nichts schuldig bleiben kann, immer das Gefühl habe, ich könne nichts annehmen ohne Gegenleistung. Und auch, dass ich um nichts bitten kann. Beides gehört für mich in die Kategorie „abhängig sein" und „Schwäche zeigen". Der Jakobsweg in diesem Jahr ist für mich eine echte Übung in dieser Richtung. Heute habe ich die beiden Österreicher gefragt, ob es für sie ok ist, wenn ich mich ihnen für den Tag anschließe – etwas, das ich glaub ich noch nie getan habe. Ich fand sie nett, ich wollte nicht alleine essen gehen, also habe ich gefragt. Und jetzt laden sie mich auch noch ein. Mein zweites „Tabu" – nichts annehmen können. Mich verpflichtet fühlen. Aber Ludwig betont mehrfach, sie möchten mich einfach gerne einladen und ich solle mich dadurch keineswegs verpflichtet fühlen. Und ich beschließe, an Gerdas Worte zu denken – und einfach nur mal „danke" zu sagen.

Nach dem Essen laufen wir noch durch den Teil von Valenca, der innerhalb der Mauern des Forts liegt. Ludwig sucht einen Automaten und möchte Bargeld ziehen. Unterwegs kommen wir an einer Kapelle vorbei, die wir zusammen besichtigen und die eine der in Spanien üblichen blutigen und brutalen Kreuzigungsszenen zeigt. In einer Ecke steht eine lebensgroße, blutüberströmte Jesusstatue mit Dornenkrone und Kreuz – auch sie könnte direkt aus einem Horrorfilm kommen, genau wie in Braga.

Es ist richtig heiß in der Sonne und wir laufen noch ein bisschen durch die Stadt. Bei einem Straßenhändler kaufe ich mir ein Lederarmband mit Silberverzierungen. Es ist nicht so ganz einfach etwas an diesem Stand zu kaufen, denn er steht ganz alleine in der Fußgängerzone und weit und breit ist kein Mensch zu sehen. Ludwig fragt im nächstliegenden Geschäft, aber die Verkäuferin sagt, der Stand gehört nicht zu ihnen und der Verkäufer sei draußen, irgendwo in der Nähe. Nach einer Weile kommt ein langhaariger Hippietyp aus einer Bar – ihm sei es zu heiß gewesen in der Sonne. Ich hatte schon angefangen zu überlegen, ob ich es einfach mitnehmen soll. So habe ich es nun ‚ordentlich' gekauft und trage es seitdem ständig. Es soll mich daran erinnern, was ich auf diesem Weg gelernt habe.

Endlich gehen wir über die bekannte internationale Brücke, die ich schon auf so vielen Fotos und in so vielen Pilgerberichten gesehen habe. Auf der anderen Seite in der Ferne sieht man Tui - die Altstadt und Kathedrale weithin sichtbar auf einem Hügel. Das blau gestrichene Metallgestänge der europäischen Brücke verbindet Spanien und Portugal über den Rio Minho hinweg, die Aussicht ist auf beiden Seiten fantastisch – auf der portugiesischen auf die Altstadt von Tui, auf der spanischen zurück auf das Fort von Valenca. Kurz hinter der Brücke beginnt das Stadtgebiet von Tui – und gleich am Ortseingang ist der Parador. In einem parkartigen Gelände liegt ein auf ‚alte Burg' getrimmtes Gebäude, das aber nicht so echt alt aussieht. Oder suche ich nur Gründe, hier nicht Abschied von meinen Begleitern zu nehmen? Die Altstadt von Tui, die in wenigen Kilometern Entfernung in der Sonne liegt, sieht viel interessanter aus, als dieses so weit vor der Stadt liegende Gebäude mit dem edel aussehenden Parkgelände drum herum. „Dann müssen wir uns hier wohl verabschieden?" sagt nun grade auch Ludwig. – Nein", verkünde ich. „Hab grad beschlossen, hier will ich nicht bleiben, ich will erst mal nach Tui hinein." Und wir gehen weiter. Mehr als das ist nicht nötig, keine Diskussion, warum ich meine seit langen Monaten aufgestellten Pläne soeben wieder ändere. Ich hatte sogar die Etappen so geplant, dass die heutige in Tui endet, um hier im Parador zu übernachten. Aber was soll's. Ich habe halt Gründe, das nach Sachlage kurzfristig zu ändern – der Parador ist mir zu weit vor der Stadt, zu edel, zu einsam – was auch immer und alles zusammen. Auf jeden Fall erscheint mir die in der Ferne liegende Innenstadt viel interessanter und ich brauche außer mit mir mit niemandem zu diskutieren, warum mir das Grund genug ist. Und so gehen wir gemeinsam weiter.

Über holpriges Kopfsteinpflaster geht es schließlich in der Stadt noch mal bergauf bis zur Kathedrale von Tui, die eher so abweisend und sicher wie die Festung von Valenca wirkt denn wie eine Kirche. Direkt neben der Kathedrale ist eine hübsche Pension, in der ich nach dem Preis frage. Das Innere ist angenehm kühl und gefällt mir sehr gut. Die beiden Österreicher wollen erst mal die Herberge anschauen. Die Übernachtung kostet 30 Euro - im Parador hätte ich auf jeden Fall Einiges mehr bezahlt. Direkt nebenan ist eine nette Bodega und für meinen Geburtstag will ich nicht in eine Herberge, die laut Pilgerhandbuch um 22.00 Uhr rigoros abgeschlossen wird. Also beschließe ich zu bleiben und verabschiede mich. Allein das Badezimmer ist es wert, dass ich hier bleibe. Wunderschön, ganz neu gemacht und fast so groß wie das Zimmer.

Ich dusche erst mal – mein Shirt ist so nass, als hätte ich schon geduscht, aber *mit* Shirt – und dann schaue ich mir zuerst die Kathedrale der Santa Maria an. Sie ist wirklich beeindruckend, der Burgcharakter bleibt auch bei näherem Anschauen erhalten, dicke Mauern, die Einigem standhalten können. Und sehr drastische und dramatische Altarbilder. Auf einem ist das Jüngste Gericht dargestellt: in der Mitte sortiert Gott, wer in den Himmel darf und diese steigen dann lächelnd nach oben auf, während die für die andere Richtung Vorgesehenen klagend und schreiend in einem riesigen Maul mit ebenso riesigen Zähnen, von denen das Blut tropft, verschwinden. Das ist noch mal ein Stück brutaler und blutiger als der so häufig zu findende „Matamoros", der Maurentöter und ich bin gebührend beeindruckt.

Internationale Brücke Valenca - Tui

Pilgeraltar

Die Weihwasserbecken sind als riesige, marmorne Muscheln gestaltet. Von den Gärten der Kathedrale aus schließlich schaut man über den Minho auf die Europäische Brücke und Valenca mit seiner Festung.

Anschließend mache ich mich auf die Suche nach einem Internetcafé. Es gibt auch eines, aber die Keyboards sind ein Alptraum – eine Art Gummimatte. Mir brechen beinah die Finger ab, so fest muss man beim Schreiben auf die aufgemalten Tasten drücken, damit sich etwas tut. Darüber hinaus ist es hier im Hinterstübchen einer Bar brütend heiß und so gebe ich bald auf und will nur noch raus. Auf dem Rückweg Richtung Altstadt schallt mir vom Tisch eines Straßencafés lautes Hallo entgegen: meine Australier sind da. Ich soll mich gleich dazu setzen, sie sind ebenso wie die Österreicher, die kurze Zeit später auch vorbeikommen, in der Herberge von Tui. Ludwig hat sich, wie ich sehe, schick gemacht für den Abend – eine helle Hose und ein dunkelblaues Hemd – Respekt, der erste Pilger, den ich treffe, der für abends sogar ein Stoffhemd dabei hat. Das sieht gleich völlig anders aus, so gepflegt und respektabel. Ludwig und Sebastian gehen aber weiter, während ich mich erst mal zu den Australiern setze. Diese wollen morgen bis O Porrinho. Warren zeigt mir den schönen Stempel, den er in der Kathedrale bekommen hat und ich ärgere mich, dass ich völlig vergessen habe, dort nach einem Stempel zu fragen. Nach Abschluss ihres Caminos wollen sie in Deutschland noch eine Frau besuchen, auch aus der Nähe von Frankfurt, die sie auf dem Camino Frances kennen gelernt haben. Ich sage ihnen, wenn sie das nächste Mal in Frankfurt zwischenlanden, sollen sie sich auf jeden Fall bei mir melden. Warren meint, ich solle unbedingt mal nach Australien kommen. Australien ist sicher wirklich toll, aber ich habe noch so viele Ziele vor Augen, die bei mir eine höhere Prioität haben und für die ich nicht zwei bis drei

Urlaubstage allein für An- und Abreise einplanen muss, bedauere ich.

Zunächst mal müssen sie aber los, sie haben in einem Restaurant reserviert und bestätigen, was im Handbuch steht, nämlich dass die Hospitalera betont hat, sie schließe um Punkt 22.00 Uhr ab. Ich habe ja Zeit und gehe erst mal zurück zur Kathedrale – sie ist tatsächlich noch offen um kurz vor neun und ich kann mir noch meinen Stempel holen. Ich schaue mich in der Stadt noch ein bisschen um, lande aber bald wieder in der Bodega vor meiner Pension, die einen wunderbaren Rotwein hat und fast so schöne Tapas wie in Bilbao.

Wenn ich an diesen Abend in Bilbao zurückdenke, empfinde ich ihn immer noch wie einen ganz schlechten Witz. Nachdem wir die Meseta durchquert hatten und in Leon, unserem Zielort dieser Etappe, angekommen waren, waren wir sofort in den nächsten Bus nach Bilbao gestiegen. Unser Rückflug ging ab Bilbao und da die Stadt sich auf dem Hinweg als so unerwartet schön herausgestellt hatte, hatten wir uns entschlossen, früher zurückzufahren, um noch einen Tag in Bilbao zu verbringen. Wir wollten das auch von außen schon wahnsinnig eindrucksvolle Guggenheim-Museum besuchen und auch andere Sehenswürdigkeiten der Stadt – die Altstadt, die Markthalle und die Basilika der Begonia auf dem Hügel über der Stadt – anschauen. Ich hatte telefonisch von unterwegs ein Zimmer vorgebucht und wir hatten einen ganzen wunderschönen Tag mit diesen Sehenswürdigkeiten verbracht. Der Lange und ich waren abends im alten Stadtteil auf einer Plaza gelandet, wo das typisch spanische, abendliche Leben tobte und hatten uns eine kleine Bodega für ein Gläschen in der untergehenden Sonne gesucht. Der Wein war wirklich Spitze, wenn auch nicht ganz billig. Außerdem gab es reihenweise Platten mit den am schönsten angerichteten Tapas, die ich je in meinem Leben außerhalb der Fotos in einem Kochbuch gesehen hatte. „Lauter kleine Schweinereien“ hatte der Lange dazu gesagt und wir hatten an diesem letzten Abend nicht auf den Cent geschaut und es uns richtig gut gehen lassen, bei reichlich Rotwein und Tapas. Wir hatten ganz unbeschwert gelacht, uns endlich mal wieder gut unterhalten und Hand in Hand dort gesessen. Es war ein wunderschöner und harmonischer Abend und auf dem Weg zurück zur Pension schob ich meine Hand in seine und so gingen wir Hand in Hand durch Bilbao und in dem Moment war ich überzeugt gewesen, alles sei ok. Dass ich mir auf dieser Etappe durch die Meseta Gesicht und Hände blutig gestürzt und mir heftige Blasen gelaufen hatte – das Alles war es wert gewesen. Hatte ich in diesem Moment geglaubt.

Wir hatten eine harte Zeit hinter uns. Er war so unzufrieden in seinem Job, kam jeden Abend nur noch schimpfend nach Hause und kannte kein anderes Thema mehr als die Firma, wo alle außer ihm offenbar bescheuert waren. In der Tat war die neue Firmenkultur nichts, um das man ihn beneidet hätte und ich war froh, dass ich früh genug ausgeschieden war. Aber auch mein neuer Job war kein Zuckerschlecken, ich musste mich hart durchkämpfen, aber darüber konnte ich nur noch mit meinem Sohn sprechen. Alle Versuche, abends auch mal meine Probleme zum Thema zu machen, waren in den letzten Monaten von dem Langen völlig ignoriert worden, der immer sofort wieder bei seinem Job und seinen eigenen Ärgernissen im Büro landete. So hatte mein Sohn, der damals knapp 15 Jahre alt war, schließlich hinter dem Rücken des Langen mit kleinen Zeichen signalisiert, ich solle doch lieber mit ihm darüber sprechen. Seit fünf Jahren hatte ich mich immer wieder um die Probleme des Langen gekümmert, war immer für ihn da gewesen, hatte ihn aufgerichtet bei Scheidung, Sorgerechtsverfahren, Insolvenzverfahren, Pfändung. Und in diesem Moment machte ich selbst die schlimmste Zeit meines bisherigen Lebens durch. Mein neuer Chef war mit nichts zufrieden und ständige 10-Stunden-Arbeitstage waren einfach selbstverständlich. Daneben musste ich mit ansehen, wie mein Vater schwer krank wurde und ganz langsam an diesem schrecklichen Krebs erstickte. Wie meine Mutter mehr noch als wir Kinder litt unter dem Wissen, ihn bald zu verlieren, wie meine sonst immer so fröhliche und fast ein bisschen oberflächliche Schwester mit beiden zusammen litt und sich veränderte und ich selbst hatte das Gefühl, Keinem mehr gerecht zu werden. Ich hatte das Gefühl, meine Arbeit nicht richtig zu machen, meine Mutter nicht ausreichend zu unterstützen, meiner Schwester nicht genug zu helfen, die sich um Mama und Papa kümmerte und doch selbst Job, Haushalt und Familie hatte. Für meinen Sohn mit seinen knapp 15 Jahren war ich nicht da, den musste ich jedes zweite Wochenende alleine lassen, wenn ich zu den Eltern fuhr und unter der Woche hatte ich sowieso keine Zeit für ihn. Und ich selbst … Ich fiel völlig hinten runter.

Klar wurde ich immer unglücklicher und ja, ich war sicher manchmal unausstehlich. Bestimmt. Und in dieser Situation hatte ich mir diese kurze Auszeit auf dem Jakobsweg nehmen wollen, auf dem Weg durch die Meseta, deren endlose Weite ich so gerne erleben wollte. Und auf der ich wieder dieses Zusammengehörigkeitsgefühl unseres ersten gemeinsamen Caminos finden wollte, das uns auch danach durch einige Schwierigkeiten geführt hatte.

Plötzlich wird mir bewusst, meine Gedanken sind wieder beim Thema gelandet. Aber heute ist es irgendwie anders. Ich fühle mich zufrieden und merke, ich kann langsam wieder gut mit mir alleine sein. Ich hätte ja auch in die Herberge gehen können, wo die Australier und die beiden Österreicher waren. Es wäre bestimmt wieder ein lustiger Abend geworden - aber heute wollte ich mal für mich sein. Ich dachte an meinen Sohn und dass ein wesentliches Problem im vergangenen Jahr meine Schuldgefühle ihm gegenüber gewesen waren. Dieses Gefühl, Luis schon zum zweiten Mal in seinem jungen Leben einen für ihn wichtigen Menschen „genommen“ zu haben, zuerst bei der Scheidung seinen Vater und dann im letzten Jahr den Langen. Luis hat mir inzwischen oft gesagt, er fände es wieder viel schöner zu Hause, seit wir alleine sind. Und in der Tat sind unsere Streitereien seltener und von erheblich kürzerer Dauer und geringerer Heftigkeit. Er kommt wieder zu mir, nimmt mich in den Arm und sagt, „Mama, ich hab Dich lieb“. Eine Weile hat er das nicht mehr getan. Das kann man sicher auch anders deuten, aber Eifersucht hatte es von seiner Seite nie gegeben. Eine Freundin hatte mir zu meinen Schuldgefühlen gesagt, das sei ganz falsch. Ich müsse vielmehr denken, dass ich Luis in einer für ihn wichtigen Zeit etwas Wichtiges gegeben habe durch den neuen Partner, nicht dass ich ihm etwas genommen habe, weil es nicht gehalten hat. Heute auf einmal wird mir klar, wie wichtig es für Luis war, dass es den Langen in genau dieser Zeit gegeben hat. Vorher waren wir beide sechs Jahre lang so eine Einheit, Luis und ich – wir haben abends zusammen auf der Couch gekuschelt und ferngesehen oder gelesen, waren zusammen wandern von Hütte zu Hütte. „Wir sind ein tolles Team“ war unsere Parole geworden, die uns geholfen hatte, alle Probleme zu meistern. Als dann der Lange in unser Leben gekommen war, war Luis grade 10 Jahre alt und hat ganz bereitwillig den Platz an meiner Seite geräumt. Er war in sein eigenes Zimmer ‚gezogen‘, beim Fernsehen und beim Schlafen. In dieser Zeit hat Luis sich von Mama ‚abgenabelt‘, neue Freunde gefunden und sich auf andere konzentriert, für seine Entwicklung war das sehr gut. Ich denke daran, wie Schwester und Schwager des Langen einmal gesagt haben, was für ein toller Junge Luis sei und wie stolz ich dabei war. „Er hat so eine lässige und selbstverständliche Selbstsicherheit“, hatten sie gesagt, „man kann ihn bei Familienfesten zu jedem setzen, zu den Alten, zu den Jüngsten und zu den Gleichaltrigen, er kann mit jedem reden und hat mit niemandem Probleme, obwohl er eine eigene Meinung hat und die auch vertritt". Ich denke, wenn wir weiter alleine gewesen und so eine aufeinander eingeschworene Gemeinschaft geblieben wären, hätte er sich vielleicht anders entwickelt. Ich habe ihm viel Selbstbewusstsein und auch Zuverlässigkeit mitgegeben und durch den Langen hat er sich genau zum richtigen Zeitpunkt von mir gelöst. Und als der Lange ging, hatte Luis grade seine erste große Liebe kennengelernt, ziemlich zur gleichen Zeit, das war für ihn super. Ich werde nie vergessen, wie er damals zu mir kam und sagte, dass er sich ganz elend fühle, weil er doch nun eine neue Beziehung angefangen habe, während meine eigene zerbrochen sei. Ich musste innerlich lächeln, als ich ihm versichert habe, das sei schon in Ordnung und er solle sich da mal keine Gedanken machen. Aber auf jeden Fall war der Zeitpunkt für ihn gut und richtig, er hat dadurch keinen Verlust gespürt und dabei diesen nächsten Schritt ins Erwachsenenleben vollzogen.

Ich sitze noch eine Weile vor der Bodega und schreibe meinen Bericht von diesem Camino weiter, auch diese Gedanken über Luis. Ich bin dieses Mal wirklich fest entschlossen, alles festzuhalten und nichts zu vergessen. Vor allem, was ich auf meinem ersten Weg alleine anders erlebe. Dass ich mittags die beiden gefragt habe, ob es ok ist, dass ich mich ihnen zum Essen anschließe. Ich, die ich immer Probleme damit hatte, andere um etwas zu bitten oder von anderen etwas anzunehmen. „Glaubst Du wirklich, sie hätten es gesagt, wenn es sie gestört hätte?", hat mich eine Freundin gefragt. „Das würde doch kaum jemand tun." – Vielleicht, aber das ist dann nicht mein Problem. Das habe ich ihr geantwortet und genau das ist eine Sache, die ich auch erst jetzt gelernt habe. Mich nicht immer für alles verantwortlich fühlen, nicht immer für andere mitdenken und mitentscheiden. Dazu gehört auch, andere ihre Fehler selbst machen zu lassen und sich nicht dauernd Gedanken darüber zu machen, was für andere besser wäre.

Um kurz vor zwölf gehe ich dann mit einem letzten Glas Rotwein nach oben in mein Bett, stoße mit mir auf meinen Geburtstag an und sehe dabei im Fernseher Leonardo di Caprio mit der Titanic in den eisigen Fluten versinken. Sehr viel später schlafe ich nach einer wunderschönen Etappe zufrieden ein.

Sonntag, 27. September - Redondela

Um 7.00 Uhr klingelt mein Handy! Ich bin in einem schönen Hotel, spät ins Bett gekommen und wollte ohne Pilgergekruschel ausschlafen und dann klingelt um 7.00 Uhr mein Handy! Und das nach einer Nacht, in der offenbar nur wenige Leute in Tui geschlafen haben, die ganze Nacht war ein ziemlicher Lärm in der Stadt, der mich immer wieder geweckt hat. Dass in Tui ein Fest war, hatte ich gesehen – aber so schlimm hatte ich es mir nicht vorgestellt. In O Porrinho soll ein noch größeres Fest sein, hatten die Australier gestern erzählt – auf keinen Fall bleibe ich heute dort. Und jetzt, wo ich vielleicht seit zwei Stunden geschlafen habe, klingelt mein Handy. Natürlich ist es Hejo, der Frühaufsteher, der an mich gedacht hat und mir zum Geburtstag gratulieren will. Ich freue mich, auch wenn mein Schlaf nun endgültig vorbei ist. Macht nichts, dann gehe ich eben los und komme vielleicht auch weiter als O Porrinho. Aber erst noch mal duschen in meinem wunderschönen Badezimmer…

Kurz vor acht starte ich. Draußen ist es noch dämmrig, als ich losgehe, vorbei an der Herberge, die aber auch schon leer aussieht. Aus der Stadt hinaus geht man auf eine Brücke zu, die über – was führt? Ist das ein Fluss oder eine Kloake? Es stinkt dermaßen, dass ich die Luft anhalte. Und just da klingelt auch wieder mein Telefon, das ich heute die ganze Zeit anhabe. Weitere Geburtstagsglückwünsche, dieses Mal von Mama und abgelenkt durch diese gehe ich erst mal über die Brücke. Hinter der Brücke liegt ein großes Industriegebiet. Ok - im Handbuch steht, dass ich heute durch ein solches komme, aber als ich nach ca. 1km keinen einzigen Pfeil mehr sehe, werde ich doch stutzig. Das ist ungewöhnlich auf diesem Weg, das kann eigentlich nicht sein. Bisher waren die Markierungen noch dichter als auf dem Camino Francés, zumindest ab Porto. Hier sind nicht nur Pfeile, die den Weg markieren. Nein – dort, wo man nicht entlang gehen soll, sind in der Regel sogar Kreuze, die das deutlich ausschließen. Und wenn mehrere hundert Meter gar keine Markierung zu sehen ist, ist das auf jeden Fall bedenklich. Da Sonntagmorgen ist, ist auch kein Mensch auf der Straße, den man fragen könnte. Also bleibt mir nichts anderes übrig, als zurück zum letzten Pfeil zu gehen, den ich gesehen habe – und der war vor der Brücke. Also noch mal über die ekelerregend stinkende Kloake. Und siehe da, tatsächlich – vor der Brücke zeigt ein Pfeil nach halblinks, den ich wegen meiner Telefoniererei übersehen habe. Zweimal über diese Brücke zu müssen ist eben die Strafe dafür.

Die Strecke heute ist am Anfang schön und fast eben und es ist noch angenehm frisch. Es geht durch ein wunderschönes Waldstück, so eine Art Naturpark, unterwegs stehen Schilder, die Flora und Fauna erklären. Ich komme an der Ponte das Fèbres, der Fieberbrücke, mit dem Cruceiro San Telmo vorbei. Hier ist der Pilger San Telmo unterwegs am Fieber verstorben. Dieser Weg ist bei Regen häufig nicht begehbar, weil die Fieberbrücke dann überschwemmt ist. Wie schade für die, die dann den Umweg über die Straße nehmen müssen, dies ist eine der schönsten Etappen am Camino Portugués. Ein kleines Stück hinter der Fieberbrücke ist eine kleine, von der Sonne beschienene Lichtung, die Feuchtigkeit steigt von der Wiese auf und löst sich in den Sonnenstrahlen langsam auf. Es sieht aus wie auf so alten Bildern, die meine Uroma hatte – eine Stelle, an der Gott auf die Welt nieder schaut und die dabei wie von einem Heiligenschein umkränzt ist. Ich muss stehen bleiben und diesen Anblick richtig in mich aufnehmen, ganz andächtig wird man hier. Ich bin ganz alleine hier im Wald – und habe doch das Gefühl, ganz und gar nicht allein zu sein. Ich fühle mich wohl und beschützt und bin glücklich, diesen Anblick genießen zu dürfen.

Langsam gehe ich weiter und komme wieder aus dem Wald heraus. Heute fliege ich regelrecht und im nächsten Ort hole ich die Australier ein. Sie haben grade einen kleinen Abstecher gemacht, weil laut Wegweiser dort ein Café sein sollte, aber es ist geschlossen. Ich sage ihnen, dass ich schon mal vorgehe, um in der nächsten Bar, die ich finde, Kaffee für sie alle vorzubestellen. Eine halbe Stunde später finde ich eine Bar. Davor sitzen bereits Ludwig und Sebastian und frühstücken. Ich habe auch schon einen Bärenhunger und sage der Bedienung bei meiner Bestellung, es kämen noch weitere sechs Personen und sie solle schon mal Kaffee und Toast vorbereiten. Sie wird etwas hektisch – so viele Leute kommen hier offenbar an einem Sonntagmorgen selten vorbei und sie muss erst mal ins Haus rennen, mehr Toast holen. Ich suche die Toilette, aber Ludwig meint, das solle ich besser nicht tun, es gebe keine. Es gibt doch eine, aber Ludwig hat nichtsdestotrotz recht, ich hätte es vielleicht besser nicht tun sollen. Es ist eine kleine Hütte neben der Bar, die Fliegen fühlen sich dort sehr wohl, Menschen eher nicht. Aber es gibt halt nix anderes. Ich denke an die öffentliche Toilette im Elsass, auf die ich mal musste. Es ging absolut nicht anders und was Schlimmeres habe ich noch nie gesehen. Immer, wenn ich daran zurückdenke, geht Alles. Vergessen wir den Rest ganz schnell …

Und da kommen auch schon die Australier an. Ich erkläre ihnen, der Kaffee sei in Arbeit und Frühstück auch, was sie mit großer Begeisterung honorieren. Immerhin waren es heute mal wieder ca. 9 km bis zum Frühstück, bei mir über 10, wenn ich den Umweg über die Kloakenbrücke hin und zurück mitrechne. Die Australier hatten ja schon erklärt, dass sie nur bis O Porrinho wollen. Aber das sind nur noch 5 oder 6 km und dort ist dieses Fest. Ludwig und Sebastian wollen weiter, doch als ich der Bedienung das erzähle, winkt die ab. Es werde heute sehr heiß, hinter O Porrinho und Mos, dem nächsten Ort, gehe es ziemlich bergauf und dort sei es noch mal erheblich heißer als hier, immer zwei bis drei Grad mehr, und es sei auch sehr weit bis Redondela. Ludwig lässt sich davon keineswegs beeindrucken und meint, man werde schon sehen. Alleine hätte ich Angst, dass ich unterwegs vielleicht in der Hitze Probleme bekomme und dann nicht weiter kann – obwohl das eigentlich noch nie passiert ist - aber vielleicht mit den beiden zusammen? Ach, schon richtig, erst mal sehen. Die Österreicher laufen schon los, während ich noch am Frühstücken bin. Und in Ruhe trinke ich noch einen zweiten Kaffee, bevor ich mich von den Australiern ganz herzlich verabschiede, denn die treffe ich wahrscheinlich nicht mehr. Bis Mos will ich auf jeden Fall.

Ab jetzt geht es durch ein Industriegebiet, schnurgerade, ebene Straßen, kein Verkehr, hier ‚fliege' ich wieder. Ganz schnell habe ich die Österreicher einge- und überholt. Der Weg durch das Industriegebiet von O Porrinho wird als schlimmste Etappe auf diesem Weg bezeichnet. O Porrinho und Mos gehen unmittelbar ineinander über, ähnlich wie man das von den Städten im Ruhrpott kennt. Heute ist Sonntag, der Himmel blau und die Sonne scheint, kein Auto auf der Straße. Ich glaube, man sollte grundsätzlich sehen, dass man am Wochenende hier durch kommt, das macht es ganz erträglich. Dauernd klingelt mein Handy, ich freue mich über die vielen Geburtstagsgrüße.

Dadurch bleibe ich oft stehen. Über einen Bahnübergang geht es in die Stadt hinein. In O Porrinho ist wirklich der Teufel los – Menschenmassen, Bühnenaufbauten. Mein Freund Robert ruft an und fragt mich nach seinem herzlichen Geburtstags-glückwunsch ganz besorgt, wie es mir gehe. „Super! Es ist so toll!" sage ich und er ist sehr erleichtert. Er war offenbar überzeugt, ich habe heute eine tiefe Depression, am Geburtstag alleine in der Fremde. So kommt es, dass die Österreicher mich in der Innenstadt wieder einholen. Wir beschließen, auch heute zusammen zu essen und fragen einen Polizisten nach einem Lokal ohne so viel Trubel. Er schickt uns ans andere Ende von O Porrinho, wo wir wirklich ausgezeichnet essen und so reichlich, dass ich mir zum Schluss fast das ganze Hauptgericht noch in meine Tupperdose einpacke. Dann machen wir uns wieder auf den Weg und erreichen ganz schnell Mos, etwa 5km hinter O Porrinho. Die Herberge sieht schön aus und gegenüber ist ein Lokal und es ist tatsächlich wahnsinnig heiß geworden – aber es ist auch noch so früh und noch keiner ist müde und so beschließen wir doch, zusammen weiterzugehen bis Redondela.

Das steilste Stück – und ich finde es nicht wirklich steil – liegt schattig im Wald. Die beiden Österreicher laufen sehr stetig, ähnlich wie unser Mitpilger Erwin im letzten Jahr, nicht so Stop-and-Go-Renner wie ich. Wir haben Erwin damals jeden Tag mehrfach überholt und irgendwann hatte eine Mitpilgerin ihn gefragt, „wie machst Du das – wir überholen Dich dauernd und trotzdem bist Du immer wieder vor uns". Er hatte in seinem fränkischen Dialekt lächelnd geantwortet, „ich verrat Euch ein Geheimnis: Mir sind zwei!", worüber wir sehr gelacht hatten. ‚Der Hase und der Igel‘ in Gestalt eines Pilgers aus Nürnberg.

Mir tut das geichmäßige Laufen mit den beiden Österreichern gut. Unterwegs in Vilar de Infesta machen wir noch einmal Pause, die Bar dort hat Marmortische mit marmornen Bänken draußen unter hohen Bäumen, wunderbar im Schatten und wir sind schon halb ausgetrocknet. Hier könnte man glatt sitzen bleiben, so schön ist es und das Bier schmeckt nach dem langen Marsch in der Hitze doppelt gut.

Sebastian und Ludwig sind ja bereits in Lissabon gestartet. Gleich am Anfang gab es für sie einige Hindernisse, erzählen sie nun: Ludwig hat seinen Ausweis verloren und musste sich in Lissabon zuerst mal einen Ersatzausweis besorgen. Sebastian hat eine teure Spezialsonnenbrille für 1000€, weil das Sonnenlicht in seinen Augen und bei seiner Augenkrankheit sehr schmerzhaft ist. Er hat am ersten oder zweiten Tag diese Brille verloren und da sie eine Spezialanfertigung war, hat er dann erst mal die dunkelste Brille gekauft, die er finden konnte, aber zum Glück geht es ganz gut damit. Sie erzählen von ihren ersten Etappen, wo es noch keine Herbergen gab. Ebenso wie ich später sind sie meist bei der Feuerwehr untergekommen, nur gleich hinter Lissabon gab es in einem Ort keine Feuerwehrwache und sie waren auch schon ziemlich müde und als es dort keine freie Pension gab, haben sie schließlich in der Pfarrei gefragt, ob man ihnen etwas empfehlen oder vermitteln könne. Ludwig erzählt, die Leute in der Pfarrei seien wirklich sehr um sie besorgt gewesen und hätten sich sehr bemüht, aber es sei kein freies Bett aufzutreiben gewesen. Schließlich sei einer auf die Idee gekommen, in der Tiefgarage(!) sei es doch warm und trocken, es gebe elektrisches Licht und eine Toilette. Also hat man ihnen Matratzen in die Tiefgarage gelegt, sogar eine Gardena-Gartendusche für sie aufgestellt – „nur kaltes

Wasser“, sagt Sebastian lachend und noch schaudernd - und so haben sie in einer Tiefgarage übernachtet. „Es war letztlich ok, wir hatten ein Dach über dem Kopf, fließendes Wasser, eine Matratze zum liegen – aber noch auf meinem Totenbett werde ich mich an den Tag erinnern, an dem ich in einer Tiefgarage übernachtet habe“, sagt Ludwig ganz trocken und wir lachen. Das glaube ich ihm aufs Wort, das sind die Erlebnisse auf dem Weg, die man nie wieder vergisst! Die Hilfsbereitschaft auf der einen Seite – und auf der anderen Seite, was man empfindet, wenn man wie ein Penner in einer Tiefgarage unterkriecht.

Schließlich gehen wir wieder weiter und erreichen dann auch sehr schnell Redondela. Es ist schon nach fünf, als wir an der Herberge ankommen. Über dreißig Kilometer sind wir heute gelaufen und es war mindestens ebenso heiß. Die Herberge in einem alten Renaissance-Herrenhaus aus dem 16. Jahrhundert dagegen ist angenehm kühl, dicke Mauern und geschlossene Läden halten die Hitze draußen. Im Erdgeschoß ist eine Art Lesesaal, in dem offenbar Studenten sitzen und lesen. Die Pilgerschlafräume, Aufenthaltsraum und Duschen sind im ersten Stock. Es gibt die in Galizien üblichen Einmalbettbezüge, die ich sehr angenehm finde. Die Herberge ist wunderschön und es sind nur ganz wenige Pilger dort, außer uns nur drei Brasilianer, ein Pärchen und eine Frau. Wir legen uns ans Fenster, die beiden Männer unten und ich nach oben. Ludwig sieht mich verwundert an, als ich meinen Schlafsack oben auf dem Etagenbett ausbreite und sagt mir, es sei noch ein Bett frei unten. „Ich schlafe immer oben“, sage ich ihm. „So“, meint er, „du willst immer oben liegen.“ Wow, eine zweideutige Bemerkung von Ludwig, hätte ich ihm gar nicht zugetraut, und ich muss lachen.

Schöne Wege

Not-Herberge Portela – sehr rudimentär

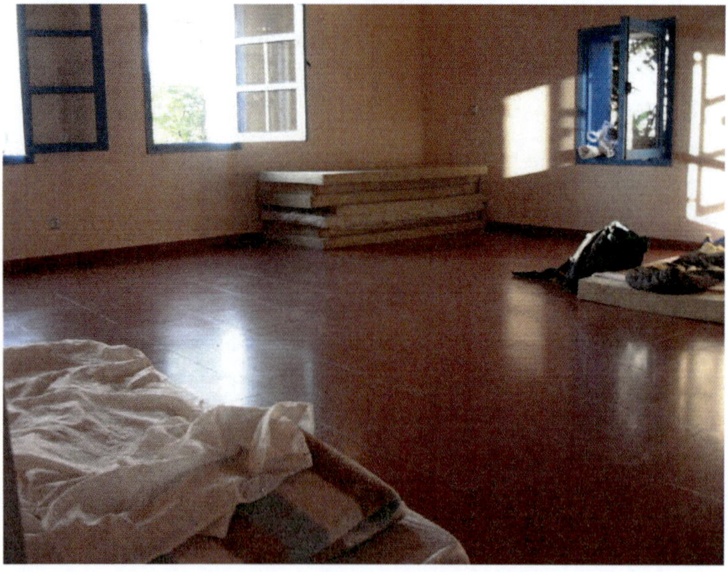

Als wir aus den Duschen kommen, haben die Brasilianer ihre Sachen wieder zusammengepackt und sich in den hinteren Raum verzogen, obwohl hier noch mehr als 10 Betten leer sind. Wir schauen uns an und zucken mit den Schultern. Wenn sie sich durch unsere Anwesenheit gestört fühlen, müssen sie in ein Hotel gehen. Wir gehen jetzt erst einmal was trinken und wollen uns dann ein Restaurant suchen. Redondela ist nicht sehr groß und es gibt nicht allzu viel zu sehen. Faszinierend sind vor allem die alten, sehr hohen Viadukte in der ganzen Stadt, sie erinnern ein bisschen an die Gleise der Schwebebahn von Wuppertal, nur dass die Bahn oben fährt. Auf dem Marktplatz ist ziemlich viel los und wir setzen uns an einen frei gewordenen Tisch. Ich will jetzt erst einmal bei Henning anrufen. Henning Hannover ist das Pseudonym eines Pilgers aus dem Pilgerforum, der am gleichen Tag gestartet ist wie ich und auch am gleichen Tag in Santiago eintreffen will. Aber während ich nach Fatima gefahren und dann ab Coimbra gelaufen bin, hat er zunächst Lissabon besichtigt, ist dann mit dem Bus wieder zurück nach Porto und von dort den traditionellen Weg über Rates und Barcelos gelaufen. Wir hatten vorher im Forum ein paar Mal gemailt und dann verabredet, wenn wir in Spanien sind, mal miteinander zu telefonieren, ob wir uns vielleicht auf der Santiago-Etappe treffen. Diesen Henning rufe ich also jetzt an und höre, dass er mit einer ganzen Gruppe Deutscher zusammen etwa eine Tagesetappe weiter ist als ich, in Pontevedra. Morgen wollen sie nach Caldas de Reis. „Übermorgen holen wir Dich ein", sage ich. Und falls nicht, vereinbaren wir noch, uns in Santiago zu treffen.

Das erste Bier löscht den Durst und danach ein Rotwein, der richtig gut schmeckt. Ist ja auch eigentlich eine Vinoteca und die Pinchos dazu sind so reichlich, dass wir davon satt sind und nicht mehr essen gehen wollen. Als wir dann zurück in die Herberge kommen, die um 22.00 Uhr abgeschlossen wird, sitzen die Brasilianer im Aufenthaltsraum und planen die morgige Etappe. Eine der beiden Frauen sieht schlimm aus – das Gesicht ganz verkrustet und voller Blutergüsse. Ludwig fragt entsetzt, was denn mit ihr geschehen sei. Ich habe ganz bewusst nicht gefragt, denn mir war es gleich klar: sie ist gestürzt, aber eben mit Rucksack! Und zwar auf dem Kopfsteinpflaster von Tui, wie sie erzählt – quasi Schwierigkeitsstufe drei. „Ich sehe aus wie ein Monster", jammert sie, „jeder fragt, was mit mir passiert sei!" Ich beruhige sie und erzähle, dass ich sie deswegen nicht gefragt habe, weil ich genau weiß, was passiert ist. Und ich weiß es deshalb, weil es mir letztes Jahr selbst passiert ist.

In der Meseta ist das gewesen. Wir liefen unseren Weg entlang, ich ganz in Gedanken, bis ich plötzlich unvorsichtig auf dem steinigen Weg stolperte. So viele hatten es mir schon gesagt, ich hatte es wohl nicht glauben wollen, ich muss ja immer alles selbst ausprobieren. Ich weiß seit damals, dass es stimmt: wenn man mit 10-kg-Rucksack stolpert und das Gleichgewicht verliert, fällt man immer aufs Gesicht! Der Rucksack rutscht in den Nacken und drückt zuerst das Gesicht nach unten. Ich war sogar noch schnell genug, die Hände nach vorne zu bringen und den Sturz ein bisschen abzufangen. Wohl nur deswegen hatte ich mir nicht die Nase gebrochen, aber dafür waren die Handflächen auch kaputt, ebenso wie die Griffe meiner Stöcke und der Mechanismus für das Lösen der Handschlaufen. Meine Nase war verkratzt und das Blut war mir am Kinn runter gelaufen, alle Klamotten waren voll mit gelbem Lehmstaub und von allen Seiten waren die Mitpilger herbeigestürzt, um mir aufzuhelfen. Zum Glück war aber nichts Ernsthaftes passiert, nur Schmerzhaftes und wir hatten gleich wieder weiterlaufen können. Ich dachte dann über diesen blöden Unfall nach, mein Knie blutete und mein Oberschenkel war schmerzhaft gezerrt und alles tat mir weh und ich stellte mir vor, wie jetzt bei meinem Anblick auch jeder fragen würde, „oh je, was ist denn mit Dir passiert“. So wie 2006 auf unserem ersten Camino bei einer Frau in Hospital de Orbigo, gleich auf der allerersten Etappe oder wie vor kurzem bei einer Pilgerin in Itero de la Vega, und plötzlich hatte ich so gelacht, dass ich nicht mehr weitergehen konnte. Erwin, der Nürnberger, war auf mich zugekommen und hatte mich ganz verständnislos angeschaut, „was ist denn mit Dir los?“ – „Ich habe mir grade einen Witz erzählt!“ habe ich gelacht. „Nein, im Ernst, ich habe mir grade gedacht, jetzt fragen mich auch alle, was ist denn mit Dir passiert? Und ich werde dann sagen: Da war dieser Koreaner, der so schrecklich geschnarcht hat – aber ihr solltet DEN erst mal sehen!“ Da hatte auch Erwin gelacht und den Kopf geschüttelt.

Montag, 28. September - Portela

Ich habe auch diese Nacht wieder richtig gut geschlafen. Niemand von uns hier macht Anstalten, vor halb acht aufzustehen oder gar loszulaufen, das ist richtig angenehm. Heute haben wir sogar mehr Zeitdruck als sonst, weil man um 8.30 Uhr aus der Herberge raus sein muss. Wir wollen, wenn wir durchhalten, bis Briallos, aber das sind ca. 39km und wenn es wieder so heiß wird …

An der Plaza, wo wir gestern Abend gesessen haben, riecht es herrlich nach frischem Gebäck, eine Bäckerei gibt es hier. „Natürlich gehen wir erst frühstücken, wenn die Gelegenheit sich bietet“, sagen auch Ludwig und Sebastian. Aber hallo, das ist ja mal viel angenehmer als bei Xavier.

Gut gestärkt können wir auch gut laufen. Wir sind schon eine gute Stunde unterwegs, als Ludwig seine Kamera vermisst. Er ist überzeugt, sie unter dem Kopfkissen gelassen zu haben und will zurück nach Redondela. Sebastian und ich beschließen, langsam weiterzugehen. Jetzt muss ich voran gehen und habe die Verantwortung. Aber es läuft problemlos, wir haben zum Glück keine vielbefahrenen Straßen zu überqueren, denn das würde mich etwas nervös machen. Sebastian hat scheinbar kein Problem damit, sich auf meine Führung einzulassen, was mich beruhigt. Es dauert aber keine Stunde, da ist Ludwig wieder da. Er hat unterwegs noch mal seinen Rucksack auseinander genommen und natürlich war die Kamera doch drin.

Es wird wieder sehr heiß. Ludwig hat in seinem Handy eine Temperaturanzeige, auf die er unterwegs ab und zu schaut. Hat er gestern auf dem Weg nach Redondela auch gemacht. „Ich will‘s nicht wissen!“ sage ich heute gleich, als er es gegen Mittag hervorzieht und Sebastian lacht. Es ist für mich eine Sache zu merken, es ist heiß. Es ist aber eine ganz andere zu wissen, es hat heute 35 Grad im Schatten! Unterwegs überholen wir ein älteres Ehepaar aus Schweden und eine Pilgerin mit kastanienroten Locken und der typischen hellen Haut der roten Kelten. Sie ist Irin – was für eine Überraschung. Zusammen sitzen wir kurz an einem Brunnen, an dem wir unsere Wasservorräte wieder auffüllen. Die Irin ist wirklich sehr sympathisch, etwa in meinem Alter. Allerdings läuft sie ziemlich langsam. Aber wenn das Laufen mit den beiden Österreichern nicht so prima funktionieren würde, hätte ich mich doch ziemlich ausgebremst, um ein Stück mit ihr zu gehen. „Die Irin war aber nett, die hatte so was Strahlendes“ sagt dann auch Ludwig, als wir weiter gehen. Ja, genau das fand ich auch, so ein Lächeln und Leuchten in den Augen. Ähnlich wie Mary, auch Irin, die ich mit dem Langen zusammen auf unserem ersten Camino kennen gelernt habe. Ach ja, vielleicht ist das ja die keltische Seele.

Eigentlich schade, dass ich sie nun nicht näher kennen lerne, aber mit den beiden hier macht halt auch das Laufen so richtig Spaß.

Als wir doch wieder kurz vor dem Verdursten sind, kommen wir am Ortseingang von Pontevedra an einer recht rustikalen Bar vorbei, in die wir auch gleich einfallen. Nach dem ersten Bier bestellen wir Bocadillos, sowie Ludwig einen Wein und ich einen Ribeiro aus der Porzellanschale, den die Männer hier trinken. Die Wirtin schaut mich ganz ungläubig an, aber der sei sauer, meint sie. Ich will trotzdem probieren. Es sieht ähnlich aus wie Federweißer und ist in der Tat das, was wir damals in Muxia auch getrunken haben. Mir schmeckt es jedenfalls, ist aber glaube ich mit Vorsicht zu genießen. Die Männer an der Theke lesen Zeitung und ich frage sie, wie die Wahlen in Deutschland gestern ausgegangen sind. Sie sind gut informiert – „La Merkel!“ schallt es mir entgegen. Angela bleibt also Kanzlerin.

Nach dem Essen muss ich aufs Klo – und erlebe einen echten Schock. Nein, nicht schon wieder so schlimme Zustände – aber die Fliegen folgen mir nach aufs Klo! Das ist schon echt herb und Ludwig lacht sehr, als ich im diese schreckliche Beobachtung mitteile. Er selbst hat abends vorher nach dem Duschen ein Duftwasser aufgelegt, etwas, was ich ausnahmsweise nicht dabei habe. Als ich aber sehe, dass an ihn auch deutlich weniger Fliegen gehen, nehme ich mir gleich vor, das beim nächsten Mal auf meine Packliste zu setzen.

Wir laufen weiter und sind nun mitten in Pontevedra mit seiner ungewöhnlichen Kirche der Jungfräulichen Pilgerin, deren Grundriss die Form einer Jakobsmuschel hat. Sebastian und Ludwig, die Süßmäuler, holen sich nach Besichtigung der Kirche ein Eis und wir diskutieren darüber, dass noch mal die gleiche Strecke bis Briallos in der Hitze richtig heftig wird. In meinem Outdoor Handbuch steht noch eine Herberge dazwischen verzeichnet, in Portela – allerdings ohne Bar oder Restaurant in der Nähe. Bei Ludwig steht die auch drin und so beschließen wir, dorthin zu gehen und dafür einzukaufen. Wein, Wurst, Oliven, Käse – alles wird gleichmäßig verteilt. Die schweren Flaschen – zwei Flaschen Rotwein, u.a. ein Altos de Tamaron, halb so teuer wie zu Hause - nimmt Sebastian, das mache ihm nichts aus. OK, gerne. Ich denke an meinen ersten Camino, als wir in der schrecklichen Herberge von Hostal de la Cruz übernachtet haben – weil ich mit den zusätzlichen Vorräten einschließlich Wein im Rucksack von einem Schritt auf den anderen auf einmal nicht mehr weiter konnte. Diese Herberge gehört heute noch zu meinen schlimmsten Erfahrungen auf allen meinen Jakobswegen. Dort war es so dreckig, dass wir die Laken abgezogen und auf den Matratzen geschlafen haben. Die waren weniger schlimm als die Laken, aber eben alles relativ. Der Lange hatte am nächsten Morgen sogar seine Socken weggeworfen – er wolle nie wieder etwas tragen, das dort den Boden berührt habe, hatte er gesagt.

Als wir weitergehen, stoppt uns ein scharfer Pfiff. Vor einem Restaurant sitzen Ramon und Rodolfo, die kurz hinter Redondela an der Meeresbucht übernachtet haben. Zuerst in der Herberge, aber als dort eine Schulklasse eintraf, waren sie in ein Hostal umgezogen. Wir berichten von unseren Plänen, in die Herberge von Portela zu laufen und sie beschließen, ebenfalls dorthin zu gehen und wollen auch vorher noch einkaufen.

Auf dem weiteren Weg wird es immer heißer, bestimmt hat es 33 Grad und mehr, aber ich will es nach wie vor lieber nicht wissen. Wie gesagt, es ist eine Sache zu denken, oh es ist heute heiß, aber zu wissen, ja, es hat sogar x Grad macht es in meinen Augen viel schlimmer!

Im Wald werden grade Bäume gefällt, die Motorsägen heulen und die Baumschubser rufen uns zu, einen Moment stehen zu bleiben. Ludwig sagt etwas nervös, er möchte lieber so schnell wie möglich weitergehen, er habe irgendwie ein Problem mit dem Namen des Ortes. „O Castrado“ lese ich auf dem Ortschild. - Das kommt von ihm so trocken, ich kann mich kaum halten vor Lachen. Hinter Castrado geht es noch mal kurz und knackig bergan, zum Glück im Schatten der Bäume. Oder kommt es mir nur in der Hitze so steil vor? Ich will irgendwann sogar wissen, wie heiß es ist, was wiederum Sebastian nun sehr zum Lachen findet. Es hat gegen 18 Uhr und im Schatten des Waldes tatsächlich immer noch 33 Grad! Aber kurz danach kommen wir bei der Capilla von San Amaro raus. Gegenüber liegt eine Pulperia und Cerveceria und die interessiert uns im Moment viel mehr als die Kapelle. Eine Bar – und wir schleppen das ganze Zeug hier hoch durch die Hitze!

Ein kleiner Junge im Eingang schaut auf unsere Rucksäcke und fragt mich, „à dónde vas?“ – Wohin gehst Du? Nach Santiago, sage ich ihm, aber viel wichtiger sei, wo SIND wir? In Portela – San Amaro, sagt mir seine Mutter. Wo ist die Herberge? Etwa 800 Meter den Berg an der anderen Seite wieder hinab. Wir sind klatschnass geschwitzt und müssen erst einmal den Flüssigkeitsverlust ausgleichen. Sogar die Fliegen machen hier einen Bogen um uns. „Du läufst echt gut“, sagt Ludwig anerkennend. „Ihr aber auch“, gebe ich zurück. Ja, das klappt richtig gut, die beiden gehen so gleichmäßig, das tut mir gut, da werde ich auch gleichmäßiger, habe aber trotzdem reichlich Zeit, auch viel zu sehen und ebenso viele Fotos zu machen.

Grade als wir aufbrechen, treffen auch Rodolfo und Ramon ein und wollen ebenfalls erst ein Bier trinken. Wir gehen schon mal los und der Weg zieht sich dann doch noch ganz gut. Das sind erheblich mehr als 800 Meter und wir fragen unterwegs noch zweimal, wo die Herberge ist, bis wir endlich ein Schild sehen, das vom direkten Weg weg weist. Um nichts in der Welt hätte ich diesen ganzen Weg zur Bar zum Essen noch mal rauf laufen wollen. Doch gut, dass wir eingekauft haben. Die Herberge liegt in einem kleinen, menschenleeren Ortsteil – und ist verschlossen. In der Kirche ist keiner, im Pfarrhaus und in dem Haus nebenan auch nicht. Wir versuchen, die auf einem Zettel am Eingang angegebene Nummer anzurufen, aber es antwortet niemand. In einem Wingert nebenan werden Trauben gepflückt und ich frage dort, wo man den Schlüssel bekommen kann. Normalerweise sei die Hintertür offen, wird mir gesagt. Wir haben nicht mal nachgeschaut, ob es eine gibt! Ludwig läuft auf mein Zurufen außen rum und meldet, ja, dort sei eine unverschlossene Tür.

Die Herberge ist – nun ja, eine Behelfsherberge. Es gibt eigentlich nichts außer Schaumstoffmatratzen. Keine Küche, kein Tisch oder Stuhl, geschweige denn Geschirr oder Besteck. Nun gut, ich habe alles dabei. Es gibt zwei Schlafsäle, in denen jeweils nur ein Berg Schaumstoffpolster liegen – mit langen Haaren etc. drauf. Ludwig sagt, jeder soll sich eine packen und raus in die Sonne stellen, dass vertreibe etwaiges Ungeziefer am Besten. „Sicher ist das eine der Schlafsaal für Frauen und der andere für die Männer“, meint Ludwig. „Das könnt ihr voll knicken, dass ich da drüben alleine schlafe“, sage ich. „Ihr habt es gestern mit mir ausgehalten und heute führt da gar kein Weg dran vorbei!“ In einem Schrank finden Sebastian und ich einen Stapel Wolldecken. Nicht dass es kalt werden könnte, aber die Decken sind vergleichsweise sauber und riechen recht frisch und wir wickeln die Matratzen darin ein. Die Duschen sind ok, heißes Wasser zum Duschen und Waschen reichlich vorhanden, aber keine Leinen, um die Wäsche aufzuhängen. Ludwig

findet einen Gartenschlauch und funktioniert ihn zur Wäscheleine um.
Es ist für uns immer so selbstverständlich, überall schön heißes Wasser zu haben. Bei Gelegenheiten wie dieser und hier auf dem Camino bekommen auch solche „Kleinigkeiten“ wieder einen anderen Stellenwert, verlieren die Selbstverständlichkeit.
Es ist schon merkwürdig - einerseits läuft jeder Tag gleich ab: aufstehen, zusammenpacken, frühstücken, „hatschen, hatschen, hatschen“, Vormittagspause, Kaffee, wieder hatschen, 12-Uhr–Bier, Mittagessen, weiter laufen, Herberge suchen, duschen, waschen, ausruhen, Tagebuch schreiben, Abendessen, Schlaf-Vino, ins Bett gehen. Schon irgendwie Routine, fast langweilig. Oder?

Aber dann ist auch wieder gar nichts gleich: Jeden Morgen gibt es woanders und auch etwas Anderes zum Frühstück, was halt grad da ist. Jeden Morgen verlässt man einen anderen Raum, eine andere Herberge, andere Gedanken und Gefühle, oft auch andere Mitpilger und Weggefährten. Unterwegs alles neu, Felder, Wälder, Dörfer, alles anders als gestern. Wo kann ich heute meinen Vormittagskaffee trinken, wie sieht der weitere Weg aus? Jeden Tag ein neuer Platz für die Pause, eine andere Bar, ein anderer Ort fürs Mittagessen. Was gibt es hier? Bocadillos oder Menü? Jeden Tag neue Gesichter, andere Geschichten, eine neue Herberge, wie sieht sie heute aus oder gehe ich in ein Hotel? Ein anderes Bett, ein anderer Weg, eine andere Umgebung. Andere Menschen. Aber doch wieder ähnliche Geschichten und ähnliche Gedanken und Gefühle.

Nach wenigen Tagen ist jeder Tagesablauf vertraut, aber auch wieder ganz anders. Auch das ist einer der besonderen Reize des Camino. Eine Vertrautheit, die Sicherheit gibt. Meine Sicherheit, die mir ja so wichtig ist. Aber auch so viel Neues, dass der Reiz bleibt. Jeden Tag füge ich meinen Erinnerungen neue hinzu, habe eine neue Welt, neue Ideen und oft auch neue Menschen kennen gelernt, aber trotzdem etwas Vertrautes behalten und weiter gemacht, ohne in ewig gleichen Ritualen zu ersticken. Als ich ein einziges Mal mit meinem Sohn – auf seinen ausdrücklichen Wunsch – einen Club-Urlaub gemacht habe, habe ich dieses Clubleben spätestens ab dem dritten Tag als genau das empfunden – ein langweiliges Ritual. Frühstücken, Strand, mittags Sport, nachmittags was unternehmen, Abendessen, Spaziergang, Abendshow. Nach einer Woche habe ich mich richtiggehend gelangweilt. Auf meinen Caminos habe ich noch keine einzige Sekunde Langeweile empfunden! Nur immer das Gefühl, so viel Neues zu lernen.

Inzwischen sind auch Ramon und Rodolfo eingetroffen und sind in den zweiten Schlafsaal eingezogen. Ramon hat zwei, Rodolfo gar drei Matratzen für sich hingelegt. „Weicheier", sage ich zu ihnen. Ramon grinst und sagt, er habe das 2-Sterne und Rodolfo das 3-Sterne-Paket. Wir haben unterwegs schon mal so gelacht, als an einem Hang eine 2-Sterne-Pension mit großem Plakat angepriesen wurde. „Wahrscheinlich ein Stern pro Zimmer" hatte ich da vermutet.

Die beiden „Rs" ergänzen unsere Vorräte um ihre eigenen. Die Sonne scheint noch sehr lange, so dass unsere Sachen trocknen können, während wir das Abendessen ausbreiten. Dazu haben wir nur zwei Bänke, die vor der Hintertür in der Sonne stehen. Ludwig und Sebastian sitzen auf umgestülpten Mülleimern und Ludwig schneidet aus leeren kleinen Plastikwasserflaschen „Weingläser" zurecht. Für einen Akademiker ist er echt pragmatisch. Wir anderen haben Becher dabei, aus denen der Wein jetzt trotzdem ausgezeichnet schmeckt. Das Abendessen ist reichlich – Chorizo und Schinken, Käse und Membrillo (Quittenmus), Obst, Oliven und Baguette. Sebastian meint dennoch auf meine geäußerten Bedenken hin, das werde schon alle. Und

er behält recht. Hätte ich ehrlich nicht gedacht, aber auch ich habe Hunger wie selten.
Ramon hat gesagt, er käme aus Barcelona. Ich frage ihn nun, ob er direkt in Barcelona wohnt. Nein, sagt er, weiter südlich. „Tarragona?", frage ich. Er schaut auf, nein, weiter nördlich. „Torredembara?" Er schüttelt den Kopf. „Vendrell? Creixell? Roda de Bara?" Er grinst. „Du kennst ja alles dort", meint er. „Klar", sage ich, „jahrelang Sommerferien mit der Familie dort gemacht, auf dem Campingplatz." „Vilanova", sagt er. „Vilanova y la Geltru", sage ich. Er staunt, „Du kennst wirklich alles dort" – klar, diese Familienferien auf Camping Gavina gehören mit zu den glücklichsten Erinnerungen einer sehr glücklichen Kindheit und Jugend. Fast jedes Jahr waren wir vier Wochen mit Auto, Zelt und Anhänger unterwegs, meine Eltern, meine beiden Schwestern und ich. Und auch wenn es an mindestens einem Tag immer so geknallt hat, dass wir uns alle geschworen haben, morgen früh fahren wir heim und das war das allerallerletzte Mal – am nächsten Morgen dann hatte man alles einmal überschlafen, sich wieder abgeregt und im Nachhinein kam man sich ganz schön bescheuert vor … Und dann sind wir doch geblieben und im nächsten Jahr wieder hingefahren und hatten wieder genau so viel Spaß zusammen.

Das letzte Mal war ich mit meinen Eltern und meiner Schwester 2006 dort. Damals sind wir Schwestern zu zweit hingeflogen und haben die Eltern und ihre Rentnergang besucht – und waren dann mit Mitte bzw. Ende 40 die ‚Küken' dort! „Die Kinder kommen" hatte es geheißen. Das hatte echt was! Ich bin heute noch so froh, dass wir das damals noch mal geschafft haben. Es war das letzte Mal vor Papas Tod, dass meine Eltern dort Urlaub machen konnten. Ich vermisse ihn so sehr, ganz besonders jetzt und hier, in Spanien. Immer besonders in Spanien! Er hat immer so hart gearbeitet, damit seine Familie sich ein bisschen was leisten konnte. Hier in Spanien, im Urlaub, da hatte er endlich Zeit für uns und wir alle verbinden so viele schöne Erinnerungen an ihn mit Spanien, dass ich hier dauernd an ihn denken muss.

Auf jeden Fall - auch wenn die Herberge in Portela so einsam liegt und behelfsmäßig ausgestattet ist – es wird einer der schönsten Abende auf meinem portugiesischen Jakobsweg.

Die Nacht dagegen wird extrem unruhig. Im Halbschlaf träume ich von allem möglichen Ungeziefer. In meinem Hinterkopf schlummert noch der Eintrag im Pilgerforum, den die Neue des Langen letztes Jahr im Herbst nach ihrem ersten gemeinsamen Camino gemacht hat und in dem sie von der Wanzenplage berichtete. Und dass sie und der Lange sogar in einem privaten Hostal zerbissen worden waren. Der Bericht, den ich zufällig entdeckt hatte, stammte so eindeutig von den beiden, dass es Luis und mich schier zerrissen hatte vor Lachen. Davon träume ich jetzt. Und auch davon, dass meine Oma immer gesagt hat, „die kleinen Sünden straft der liebe Gott gleich“. Ich träume, ich bin wieder zu Hause und fahre gleich zu meiner Mutter, die sich darüber sehr freut. Wir sitzen zusammen in ihrem Wohnzimmer und ich erzähle grade von meinem Weg, als meine Mutter einen Schrei ausstößt und auf meinen Rucksack zeigt, aus dem ganze Heere von Wanzen hervorquellen, das ganze Wohnzimmer ist schon voll davon! Entsetzt fahre ich aus dem Tiefschlaf hoch und sitze mit rasendem Herzklopfen auf der Matratze, um zum Glück festzustellen, dass ich alles nur geträumt habe. Ich lege mich wieder hin und döse erneut ein, bis mich plötzlich ein heftiger Schmerz unter dem Arm weckt. In meiner Achselhöhle spüre ich eine riesige Beule, offenbar ein Wanzenbiss und stöhne laut auf. Erst durch mein eigenes Stöhnen werde ich wirklich wach – und merke, dass ich wieder nur geträumt habe. Ui, ist gut, ich habe die Warnung verstanden! Was Du nicht willst und so weiter, darüber lach auch bei keinem anderen mehr. OK, begriffen und für den Rest der Nacht schlafe ich nicht mehr richtig ein. Sebastian wirft sich neben mir auch ziemlich unruhig hin und her, nur aus Ludwigs Ecke kommen tiefe und regelmäßige Atemzüge.

2. Frühstück in Caldas de Reis

Dienstag, 29. September - Padrón

Rodolfo und Ramon brechen wieder recht früh auf, es ist noch dunkel. Davon werde ich endgültig hellwach, denn sehr hellhörig ist die Herberge außerdem. Sebastian ist ebenfalls schon wach – oder noch? – und so beschließen auch wir, uns so früh auf den Weg zu machen.

Heute ist es noch dunkel, als wir endlich mal wie anständige Pilger starten, „al amanecer" – im Morgengrauen - und ins Morgenrot hinein laufen. Es ist noch angenehm kühl und die Farben am Himmel wunderschön. Auch das verspricht wieder ein toller Tag zu werden. Bis Briallos kommt erst mal nix und die Herberge liegt so weit abseits vom Weg, dass wir weiterlaufen wollen, um ein Café fürs Frühstück zu suchen.

Wir hatten heute ursprünglich bis Teo laufen wollen, um dann morgen früh in einer kurzen 14km Etappe rechtzeitig zur Messe in Santiago einzutreffen. Ich wollte doch schon immer genau so, dreckig, stinkig und mit Rucksack, direkt zur Messe einlaufen. Beim ersten Mal hätten wir das machen können, aber der Lange hatte sich zu meiner großen Enttäuschung strikt geweigert, ungeduscht die Kathedrale zu betreten. Als ob die Pilger der früheren Jahrhunderte das nicht grade so getan hätten. Der einzige Grund, warum der Botafumeiro, der Weihrauchkessel in der Kathedrale, so überdimensioniert ist, war der, dass man damit den Gestank der Pilger besser überdecken konnte. Auch heute noch kann man mühelos die Bus- und die Fußpilger voneinander unterscheiden – am Geruch. Aber auf jeden Fall sind es bis Teo 39km und wir sind irgendwie alle drei ziemlich K.O. und kommen von dem Gedanken völlig ab. Sebastian und ich haben die halbe Nacht wach gelegen und Ludwig hat zwar in dieser Zeit geschlafen, sagt aber nun, er sei wach gelegen etwa von dem Zeitpunkt an, als wir beide gegen fünf endlich eingeschlafen waren. Heute tut jeder Kilometer richtig weh und so entscheiden wir uns, doch lieber die Herberge in Padron anzuvisieren.

Nach dem Frühstück läuft es zwar besser, aber bei weitem nicht so gut wie in den letzten Tagen und wir merken, dass die neue Planung realistischer ist. Ich habe gestern Abend in Portela Leitungswasser in meine Flasche gefüllt – weil es nun wirklich nichts anderes gab - und wie immer bekommt es mir nicht gut. Wir sind zwar nach dem Frühstück noch nicht sehr weit gelaufen, als wir durch Caldas de Reis kommen, aber mein Fiaker meldet sich derart nachdrücklich, dass ich sage, sorry Jungs, ich muss hier mal in die Bar abbiegen, geht ruhig weiter. Drinnen frage ich höflich, ob ich die Toilette benutzen darf, ich zahle auch gerne dafür, aber das wird dankend abgelehnt und ich darf so durchgehen. Als ich wieder rauskomme, stehen Ludwig und Sebastian draußen und warten auf mich. Wir wollen eben wieder aufbrechen, als auch die beiden „Rs" ankommen und wir beschließen, alle gemeinsam noch einen Kaffee zu trinken. Ramon und Rodolfo nehmen ein „spanisch-galizisches Herrengedeck", Café con Orujo, Orujo ist ein galizischer Tresterschnaps. Ludwig beschließt, das ebenfalls zu probieren und so bestelle ich mir schließlich einen Carajillo, eine kleinen Kaffee mit Cognac. Ramon schaut mich verdutzt an, „Du kennst aber auch wirklich alles in Spanien!" meint er. „Klar, sage ich, den trinke ich für meinen Papa! Den hat er im Urlaub immer so gerne getrunken."

Caldas de Reis

Gemütliche Rast unterwegs

Nach dem Café ‚mit' laufen wir gemeinsam los, vorbei an den heißen Quellen und über eine Brücke. Wir gehen eine ganze Weile zusammen weiter, trennen uns wieder ein Stück, treffen bei einem Schild, das auf eine Bar in O Campo dicht am Weg hinweist, wieder zusammen und wollen gemeinsam ein kühles Bier trinken gehen. Die Bar ist klein und stickig, aber hinter der Theke schaut man auf eine kleine Terrasse, umgeben von einem schönen Garten und ich frage die Wirtin, ob wir uns dorthin setzen dürfen. Ja, gerne. Wir bestellen erst mal das kalte Bier und fragen dann, ob es auch was zu essen gebe. Das sei hier zwar kein Restaurant, aber ein warmes Bocadillo mache sie uns gerne. Wir entscheiden uns für Bocadillo Tortilla, drei mit und eins ohne Chorizo. Kurz danach kommt ein Mann im Arbeitsanzug durch den Garten geeilt. Es ist der Mann der Wirtin, sie hat ihn von der Traubenernte holen lassen, damit er in der Bar bedient, während sie uns was zu essen macht. Zuerst mal bringt er uns eine Karaffe vom hauseigenen Rotwein. Ganz jung – und fürchterlich sauer! Hier kann man echt nicht mehr von ‚trocken' reden, ‚sauer' trifft es einfach besser, aber sauer macht ja bekanntlich lustig und so wird es eine wirklich lustige Wanderpause. Ludwig und ich unterhalten uns über das „Analog-Käse-Drama", das wohl in Österreich auch so im Gerede war wie in Deutschland. Ramon hat von „Analog-Käse" noch nie was gehört in Spanien. Liegt das daran, dass es ihn dort nicht gibt oder daran, dass er dort weniger Aufmerksamkeit bekommt? Jedenfalls meint Ludwig, Ramon solle sich eine Frau suchen, damit ihm jemand was Gescheites zu Essen macht und er keine Tiefkühl-Pizzen essen muss. Ich soll das übersetzen. Offenbar bringe ich es auch richtig rüber, denn Ramon wehrt entsetzt ab und meint, nein danke, er habe eine „Analog-Frau" und was Anderes komme ihm nicht mehr ins Haus, was ziemliches Gelächter hervorruft.

An der Mauer hängt ein Schild „Feliz Cumpleanos“ und Rodolfo meint, ich solle mich mal darunter stellen und ein Bild von mir mit dem Schild machen lassen, um eine Erinnerung an wieder einen Geburtstag auf dem Camino zu haben. Das Gleiche trifft ja auf Rodolfo auch zu – er hatte kurz vor mir Geburtstag, auch schon auf dem Camino – und so machen wir beide noch ein „Feliz Cumpleanos Foto“ und dann kommen unsere Bocadillos.

Solchermaßen gestärkt – sind wir nun eigentlich noch müder als vorher. Besonders, nachdem die Weinkaraffe schon einmal aufgefüllt werden musste. Nun bringt der Wirt uns auch noch drei verschiedene Flaschen hausgemachten Orujo und stellt gleich alle drei Flaschen und Gläser auf den Tisch, „geht aufs Haus!“ Orujo mit Kräutern, Orujo mit Kaffee und klaren Orujo. Natürlich müssen alle drei probiert werden und der Gedanke, heute noch Teo zu erreichen und damit morgen in der Pilgermesse einzulaufen, rückt endgültig in weite Ferne …

Schließlich wollen die Österreicher und ich aufbrechen und rufen den Wirt, um zu bezahlen. Aber wie sich herausstellt, hat Sebastian die ganze Rechnung bezahlt und freut sich nun diebisch und wie ein Kind, dass aber auch keiner was mitgekriegt hat (sonst hätten wir ihn wohl auch nicht gelassen). Als wir endlich weitergehen, ist es schon wieder wahnsinnig heiß und meine Beine werden heute immer schwerer. Ich habe zwar den Orujo mit Kaffee genommen und die beiden anderen Sorten ob der Hitze nur in homöopathischen Dosen probiert, aber dennoch scheint der Kaffee in dem Schnaps mich nicht wirklich beflügelt zu haben. Auch Sebastian geht es nicht so prickelnd und wir sind uns nun wirklich alle einig, dass Teo völlig außer Frage ist. Aber letztendlich bin ich dadurch, dass wir drei immer so flott unterwegs waren und große Etappen gelaufen sind, sowieso zwei Tage früher in Santiago als erwartet und somit ist das auch kein Problem. Selbst wenn ich bis zum nächsten Tag bleibe, um dann doch noch in die Messe zu gehen und erst am späten Nachmittag weiterfahre, liege ich noch einen Tag vor meiner Zeitplanung und habe so noch einen ganzen Tag für Porto gewonnen.

Kurze Zeit später überholen wir wieder die zwei R's. Die haben wohl gemogelt und sind die Straße entlang gelaufen! Schließlich sind sie nach uns gestartet und gehen langsamer als wir. Wir rasten unterwegs zusammen kurz in der Sonne auf einer Wiese – hier ist mein Rucksack mit integrierter Isomatte klar im Vorteil, ich habe eine Sitzgelegenheit. Diese vielen Stopps hätten wir uns auch gar nicht leisten können, wenn wir heute unbedingt Teo hätten erreichen wollen, aber genau die machen es heute grade so schön und gemütlich. Sich Zeit nehmen zum Reden und Lachen und auf der Wiese liegen und in den Himmel schauen - was für eine schöne, vorletzte Etappe. Ich mag gar nicht daran denken, dass es bald wieder vorbei ist, jetzt, wo sich diese schöne Gruppe so lose zusammengefunden hat.

Ein Stück weiter kommen wir an zwei deutschen Mädels vorbei, die so langsam unterwegs sind, dass Ludwig besorgt fragt, ob bei ihnen alles in Ordnung sei. Ja, alles ok, sagen sie, aber später treffen wir sie in Padron wieder und hören, dass die eine starke Knieprobleme und die andere eine heftige Erkältung hat. Zunächst gehen wir aber weiter und ich erinnere mich an eine Asiatin, die ich mal mit dem Langen auf einer der ersten Meseta-Etappen überholt habe. Die war, wie Paul Panzer immer sagt, „quasi ohne Eigenbewegung“ unterwegs, der Pfad war an dieser Stelle ziemlich schmal und wir hatten notgedrungen ein ganzes Stück hinter ihr her gehen müssen – was den Langen zu dem erbitterten Ausruf veranlasst hatte, „das grenzt ja schon fast an einen Sitzstreik"! und damit bei mir zu einer nicht enden wollenden Lachattacke geführt hatte.

Schließlich kommen wir recht spät, schon nach 17.00 Uhr, in Padrón an. Spät besonders, wenn man berücksichtigt, dass wir heute nur ca. 25km gelaufen und schon kurz nach 7.00 Uhr in Portela gestartet sind.

Die Herberge in Padrón ist die erste auf unserem Weg, die vergleichsweise voll ist. Die Betten sind fast zu 75% belegt. Es gibt eine große Küche und einen Garten, in dem wir nach dem Duschen unsere Wäsche aufhängen. Nur ein großer Schlafsaal, aber mit sehr stabilen Stockbetten, die Leiter für das obere Bett – ja, ich will wieder oben liegen – hat richtig breite Stufen. Nur bei den Duschen gibt es erhebliches Verbesserungspotential. Es gibt bei den Frauen nur zwei, im gleichen kleinen Raum direkt nebeneinander, ohne Abtrennung, keine Ablage oder sonst etwas für die Wäsche. Ich packe alles in meine Plastiktüte vom gestrigen Einkauf, die ich zum Glück aufgehoben habe und ziehe mich im Vorraum aus und auch später wieder an. Das blaue Shirt, das ich täglich unterwegs anhabe und jeden Abend wasche, nehme ich heute mit spitzen Fingern und werfe es nur noch in den Mülleimer. Das wasche ich nicht mehr! Die Flecken, die die Isomatte aus dem Rückenpolster daran hinterlassen hat, gehen sowieso nicht mehr raus. Auch Fönen ist hier nicht möglich, denn es gibt keine Steckdose: Oder auf jeden Fall nur eine und an der hängt der Durchlauferhitzer für das warme Wasser. Da wären die Nächsten wohl ‚not amused', wenn ich den rausziehe, um meinen Fön einzustecken. Ich könne ja im Schlafsaal fönen, meint später Ludwig, dort habe es genug Steckdosen. Ja, aber mindestens einen sehe ich, der dort schläft. Also kein Fön. – Hätte ich gewusst, dass eben derjenige, der da schlief, uns am nächsten Morgen schon in aller Frühe mit solchem Getöse wecken würde, hätte ich in dem Moment wohl keine Rücksicht genommen.

In der Küche sitzen zwei, die Ludwig nun freudig begrüßt. Wie sich herausstellt, sind das die Franzosen, die Ludwig und Sebastian hinter Coimbra bei den Bombeiros getroffen haben und bei denen ich schon überlegt hatte, ob das vielleicht Francois und Xavier gewesen sein könnten. Dass die es nicht gewesen waren, steht nun fest, diese beiden hier habe ich noch nicht gesehen. Sie sitzen in der Küche und lösen Sudokus. Und das ist auch, was sie laut Ludwig auf dem ganzen Weg tun: in die Herberge gehen, essen und dann hinsetzen und Sudokus lösen. Offenbar gehen sie nie mit den anderen irgendwohin, was essen, einen Wein oder was auch immer trinken – sie lösen Sudoku. Was für komische Heilige, denke ich.

Viel später und längst wieder zu Hause denke ich ganz anders auch über die beiden nach. Ich bin danach einmal bei meiner Freundin Gerda im Raum Bonn gewesen, um mit ihr den rheinischen Karneval zu feiern. Gerda, die den ganzen Weg von Köln bis Santiago in vier Monaten an einem Stück zurückgelegt hat. Nach einem richtig tollen Faschingssamstag waren wir sonntags in ihrer Kirchengemeinde bei der Sonntagsmesse und dort hatte man am Ende des Gottesdienstes ein ganz besonderes Gebet vorgetragen:

Noahs Arche
Wenn Du sie damals nicht alle hineingelassen hättest in die Arche,
die bunten und verschiedenartigen Tiere, wie viel Ärmer wäre Deine Menschheit, Herr.
Niemand weiß besser als Du, wie viel wir bis heute gemeinsam haben mit Deinen Tieren.
Hilf mir, mit allen zurechtzukommen:

Mit den Meckerziegen und albernen Gänsen,
mit alten Drachen und lahmen Enten.
Mit Mistkäfern, Trampeltieren und Windhunden,
mit sturen Böcken und komischen Käuzen,
mit Nachtfaltern und Eintagsfliegen,
mit Leithammeln und folgsamen Schafen,
mit verwöhnten Schoßhündchen und Pechvögeln.
Gib mir Verständnis
für Einsiedlerkrebse und gesellige Pinguine,
für wendige Wiesel und tapsige Bären,
für schlanke Giraffen und fette Masthähnchen,
für giftige Nattern und lustige Spaßvögel,
geduldige Lämmer und wilde Wölfe,
stachelige Igel und anschmiegsame Angorakatzen.
Hilf mir beim Zusammenleben
mit den fleißigen Bienen und faulen Siebenschläfern,
mit hässlichen Raupen und schönen Schmetterlingen,
mit stolzen Pfauen und unscheinbaren Kirchenmäusen,
mit starken Löwen und scheuen Rehen.
Herr, es ist nicht immer ganz einfach, es in Deiner Arche auszuhalten.
Gib mir die nötige Geduld und eine Prise Humor, sie alle zu ertragen
und jedem Tierchen sein Pläsirchen zu lassen.
Und vor allem: Lass mich nicht vergessen, Herr, dass ich für die anderen
manchmal auch ein ziemlich seltsamer Vogel bin.

Wir hatten uns angesehen, Gerda und ich und wie aus einem Munde gesagt; „Das ist ein Gebet für Pilger!“ – Nicht nur, aber besonders für Pilger. Ich habe es seitdem schon oft gelesen und an viele Pilger weitergegeben und die meisten reagieren genauso darauf wie ich: wie vielen davon bin ich unterwegs schon begegnet? Und welche passen auf mich?

Tja, an die beiden Franzosen hier in Padrón hatte ich jedenfalls sofort gedacht. Wer weiß, warum sie immer nur in der Herberge saßen und ihre Sudokus lösten. Kontaktscheu waren sie offenbar nicht, sie kannten viele der anderen Pilger von unterwegs. Auch wenn sie nicht so aussahen, aber vielleicht hatten sie ja einfach nicht das Geld, essen oder auszugehen? An die beiden habe ich in dieser Messe ganz spontan gedacht und hatte noch nachträglich ein echt schlechtes Gewissen. Denn ich jedenfalls bin bestimmt für Manche ein ziemlich schräger Vogel …

In diesem Moment bin ich allerdings von solchen Gedankengängen noch unbelastet und so gehen wir erst mal in die Stadt. In der Kirche Santiago Apostol hinter der Brücke wird uns das Nationalheiligtum von Padrón gezeigt: der Stein oder *Pedrón*, ein römischer Meilenstein, an dem gemäß der Legende das Schiff festmachte, das den Körper des Apostels Jakobus nach Spanien gebracht hatte. Der Stein ist unter dem Altar in den Boden eingelassen und gut beleuchtet. Wir haben ihn schon auf verschiedenen Abbildungen gesehen. Jeder von uns kauft eine Ansichtskarte davon, als „Donativo" (heisst: sie kostet nichts, aber man wird um eine Spende gebeten, die in der Regel höher ausfällt, als eine Karte gekostet hätte), Weil keiner von uns sein Credencial dabei hat. So bekommen wir einen Stempel der Kirche auf die Ansichtskarte.

Aber dann wollen wir erst einmal unseren Durst stillen. Wir sitzen auf der Plaza direkt vor der Kirche und überlegen, wo wohl Ramon und Rodolfo bleiben und ob die vielleicht unterwegs irgendwo versackt sind. Schließlich gehen wir weiter in das Städtchen hinein, wir haben Hunger und hier in dieser Bar gibt es nur Kleinigkeiten und uns steht jetzt nicht der Sinn nach Bocadillos. Wir finden auch bald eine Pulperia, die sehr ansprechend aussieht und eine noch ansprechendere Speisekarte hat. Essen gibt es laut Wirt ab 19.00 Uhr, aber die haben wir schon fast. Wir bestellen schon mal Wasser und Wein. Ich entdecke auf der Karte mehrere Mencías und frage den Wirt, welchen er empfiehlt. Er fragt nach meinem Geschmack und empfiehlt schließlich den zweitbilligsten. Das ist vertrauenerweckend. Der Wein erweist sich als super und findet allgemeinen Beifall. Wir studieren grade die Speisekarte, als auch die beiden R's auftauchen und von uns mit großem Hallo begrüßt werden. Wo sie so lange gesteckt haben, will Ludwig wissen. Die eine oder andere Pause war wohl doch noch drin. Ramon meint, hier müsse man unbedingt die Pimientos de Padrón probieren, Minipaprika nach Padroner Art. Das sind kleine frittierte grüne Paprika und es ist wie bei ‚Forrest Gump': man weiß nie genau, was man bekommt. Etwa jede zehnte ist höllenscharf, aber die anderen sind ganz mild. Ein spannendes Essen! Aber ich habe mich schon für Reis mit Meeresfrüchten entschieden, eine gute Wahl, wie sich zeigt. Trotzdem muss jeder Mal die kleinen Pimientos probieren. Leider erwische ich keine von den Scharfen.

Am Nebentisch sitzt auch eine Gruppe Deutsche. Die beiden Mädels von unterwegs, ein junges Pärchen mit deutlichem Mannheimer Dialekt, die ich schon in der Herberge bemerkt habe und ein älterer Mann, den ich ebenfalls in der Herberge schon gesehen habe. Auch Deutscher, man kann nicht direkt sagen, wo genau er her kommt. Spricht so gar keinen Dialekt. Kein Dialekt …. – Und plötzlich erinnere ich mich an mein Telefonat mit Henning, das ich auf dem Marktplatz in Redondela geführt hatte und mir kommt ein Gedanke. Alter könnte auch stimmen und ich frage ihn spontan: „Entschuldigen Sie, wenn ich störe, aber kann es sein, dass du der Henning bist?" Er stutzt, schaut mich an und sagt:"Dann bist du die Birgit!" Wir springen auf und umarmen uns und begrüßen uns begeistert – obwohl wir uns doch noch nie vorher gesehen haben. Ich habe zwar in Redondela am Telefon gesagt, dass ich ihn in zwei Tagen eingeholt haben werde, aber doch mehr im Scherz. Eine gute Tagesetappe in so kurzer Zeit aufzuholen hatte ich nicht wirklich geglaubt. „Ist das die, mit der Du telefoniert hast…??“ fragen die anderen am Tisch und Henning bestätigt, ja, ich sei die, mit der er schon in Deutschland gemailt und mit der er in Pontevedra telefoniert habe. Und schon werde ich am ganzen Tisch begrüßt wie eine alte Bekannte, es ist wirklich unglaublich, aber so was gibt es eben nur auf dem Camino. Eben noch saß man an zwei Tischen nebeneinander und hat sich nicht gekannt und plötzlich ist es, als habe man lauter alte Freunde getroffen.

Es wird ein richtig schöner Abend und als wir später zurück zur Herberge laufen und ganz knapp vor dem Zapfenstreich dort eintreffen, meint Ludwig, er wisse jetzt, warum vor den Herbergen oft so buckliges Plaster sei – damit man nicht sehe, wie die Pilger in die Herberge wanken.

Kaum sind wir in der Herberge, wird zentral das Licht gelöscht und es ist stockfinster. Wir raffen schnell noch unsere Wäsche im Garten zusammen und schleichen dann die Treppe hinauf in den Schlafsaal. Mein Bett finde ich – aber nicht meine Taschenlampe! Ich war sicher, ich hätte sie gleich vorne in meinen Schlafsack gelegt. Ich will nicht so lange mit dem Rucksack rascheln, einige schlafen offenbar schon und da das obere Bett neben meinem frei ist, deponiere ich erst einmal mein ganzes Zeug darauf. Mein Nachtshirt finde ich, weil Sebastian mir mit seinem Handy leuchtet. Gute Idee! Meins habe ich auch griffbereit.

Als ich schließlich im Bett liege, wird mir auch bewusst, warum es gar so stockfinster ist: alle Fenster UND Läden sind fest geschlossen. Aber es ist doch so WARM draußen! Und hier drinnen auch. Ich versuche es zu unterdrücken, aber ich kriege langsam Atemprobleme und damit auch Panik. In Redondela hatten wir die Fenster weit offen, obwohl es draußen recht kühl war und fanden es trotzdem sehr angenehm. Auch in Portela hatten wir die Fenster weit offen. Sebastian benutzt im Allgemeinen nur sein dünnes Seideninlet, aber der hat eben immer Hitze. Schließlich halte ich es nicht mehr aus und springe aus dem Bett, um Laden und Fenster des zunächst liegenden Fensters aufzureißen und bin schon so weit, dass ich jeden umhauen würde, der versucht, mich daran zu hindern. Zum Glück tut das keiner und die frische Luft strömt in den Raum und schnell geht es mir besser. Und dann schlafe auch ich richtig gut.

Mittwoch, 30. September - Santiago

Gegen fünf Uhr werde ich geweckt. Irgendwer packt geräuschvoll seinen Rucksack. Es sind die beiden Franzosen, sicher wollen sie pünktlich zur Messe in Santiago sein. Sie kruscheln und rascheln eine ganze Weile, gehen runter ins Bad, kommen wieder rauf, bis sie endlich fertig und weg sind. Kaum ist wieder Ruhe eingekehrt, und ich fange an, wieder einzudösen, steht der Nächste auf. Geht auf den Balkon, klappert mit den Läden, hängt Wäsche ab, klappert wieder mit den Läden, stößt zwischendurch seinen Stock um und raschelt wieder mit dem Rucksack. Stößt wieder den Stock um – von Ruhe und Nächstenliebe bei mir in dem Moment keine Spur! Es ist der Alte, der gestern Nachmittag hier im Schlafsaal geschlafen hat. Da hätte ich mich auch fönen können! Danach ist es mit dem Schlafen für mich endgültig vorbei. Schließlich sehe ich, dass auch Sebastian hellwach ist und auf die Uhr an seinem Handy schaut. Eine Weile später regt sich auch Ludwig und wir signalisieren, dass wir los wollen – wenn wir eh schon nicht mehr schlafen können. Ich packe wie immer alles, was ich auf meinem Nachbarbett deponiert habe, in meinen Schlafsack, schultere den Rucksack, nehme den Schlafsack samt Inhalt unter den Arm und gehe hinunter in die Küche. Zuerst ins Bad und Zähne putzen. Dann kann ich im Licht der Küche alles ganz gemütlich sortieren und in meinem Rucksack verstauen. Den Trick hatte ich ja auf unserem ersten Camino von dem jungen Pärchen in Oliveroa gelernt. Die beiden sind wirklich so geräuschlos aufgestanden, dass ich es kaum mitbekommen habe, obwohl ich im Nachbarbett lag. Hat mir echt gut gefallen, sehr rücksichtsvoll. Außerdem ist es viel leichter, dann draußen bei Licht ordentlich zu packen.

So brechen wir also heute das letzte Mal im Morgengrauen auf. Hätten die drei nicht um fünf Uhr so einen Lärm gemacht, ich hätte heute auf jeden Fall länger geschlafen. Für die Messe sind wir eh zu spät, aber es sind insgesamt nur noch 24km, warum also so früh aufbrechen? Aber da wir nun sowieso alle wach sind, wieso dann warten, sich später mit dreißig Leuten an einem einzigen Waschbecken drängen. Womöglich noch mit den beiden, die mich gestern Abend so böse angefunkelt haben, weil ich in den Damenwaschraum gekommen bin, obwohl sie sich grade im Vorraum die Schlafanzüge angezogen haben. Mir war das jedenfalls ziemlich egal. Prüde Amis, sollen sie doch ins Hotel gehen.

Nichtsdestotrotz brauch ich das heute Morgen nicht schon wieder, also können wir auch gehen. Rodolfo und Ramon haben sich ebenfalls früh fertig gemacht und die Herberge noch vor uns verlassen. Draußen ist es so finster, dass wir nicht erst die Treppe vor der Herberge nehmen, um nicht über die Stufen zu stürzen, sondern den Weg vorne runter laufen. Da steht wenigstens eine Laterne. Nach wenigen Metern treffen wir auf einen Bäckerwagen. Ludwig kann die Lieferwagenfahrerin überzeugen, uns ein Baguette zu verkaufen, mehr geht nicht. Sind offenbar alle bestellt.

Ab hier liegt ein Ort am anderen und es gibt keine einsamen Strecken mehr dazwischen. Es geht durch kleinere Straßen und immer mal wieder müssen wir die verkehrsreiche Hauptstraße überqueren – mal mit, mal ohne Überweg. Nach einer Weile kommen wir an einem Hotel vorbei und ich schaue hoffnungsfroh die beiden anderen an. Sicher gibt es hier Kaffee? Aber Ludwig sagt, da will er nicht so richtig rein. Zu fein?? Ok, von mir aus. Wir versuchen es an einer Tanke, aber diese hier hat nur einen Shop. Wenig später treffen wir auf Ramon und Rodolfo – die natürlich in dem Hotel gefrühstückt haben! Ich werfe Ludwig einen sehr eindeutigen Blick zu und Sebastian bricht in lautes Gelächter aus. Schließlich weist ein Schild zu einem Café in angeblich 200 Metern Entfernung vom Weg hin – das aber dann geschlossen ist! Ich bin echt empört. Weiter entfernt und auf der anderen Seite der Schnellstraße sieht man eine weitere Tankstelle und wir beschließen, dorthin zu laufen, denn wir brauchen langsam einen Kaffee und unser Frühstück. Wir haben das Überqueren dieser Schnellstraße schon zweimal überlebt, wir werden es auch noch mal schaffen. Ich bleibe aber doch mal wieder zwischen den beiden Fahrtrichtungen hängen – die Spanier, die an mir vorüber brausen, stört das keineswegs, mich schon. Mal wieder beobachte ich voller Bewunderung, wie Ludwig den exakt richtigen Zeitpunkt abpasst und Sebastian mit einem kurzen „Sebastian - jetzt" über die Straße schickt. Sebastian läuft dann einfach los – und schafft es im vollen Vertrauen auf den Freund sogar besser als ich, die ich den Verkehr gut überblicken kann. Damit hat aber auch Ludwig eine große Verantwortung, die er auf eine unauffällige, unaufdringliche Art, ganz ohne Bevormundung, annimmt.

Auch Xavier hatte gewissermaßen die Verantwortung für seinen Freund Francois übernommen. Gebeten von ihm selbst oder dessen Frau, ihn zu begleiten und auf ihn aufzupassen. Er hat das aber auf eine sehr dominante und manchmal etwas belächelnde, beinah herablassende Art getan. Ludwig ist da ganz anders, ruhig, zuverlässig, selbstverständlich. Er versucht auch immer wieder, Sebastian die Dinge näher zu holen, die er nicht mehr wahrnehmen kann. Beschreibt die Landschaft in der Ferne und dass die kleine Wolke am strahlend blauen Himmel ein bisschen wie ein Pudelkopf aussehe: „Kannst Du das noch erkennen, Sebastian"? – Sebastian kann es leider nicht. Aber dafür sehe ich es plötzlich.

Beide Seiten beeindrucken mich da immer wieder aufs Neue. Da hat Sebastian einen ganz besonders wertvollen Freund. Ich glaube, unterwegs einmal hat Ludwig ihm zugeredet, sich gezielter vorzubereiten auf die Zeit, wenn er nichts mehr sehen kann. Den Haushalt behindertengerecht gestalten, Dinge aus dem Weg räumen – ich wollte nicht neugierig erscheinen und habe dann die Zeit genutzt, mal ein Stück alleine zu gehen davor oder dahinter und meinen eigenen Gedanken nachzuhängen. Ich freue mich, mit den beiden zu laufen, es macht echt Spaß. Aber wenn mir danach ist, gehe ich auch einfach mal ein Stück alleine.

Der Kaffee auf der Raststätte ist wirklich super, und wir frühstücken erst mal ausgiebig und sehen dabei den Wetterbericht, der bis zu unserer Ankunft in Santiago nur bestes Wetter voraussagt. Ich kann es kaum glauben - diese Ecke von Galizien ist zur Zeit auch die einzige in ganz Spanien mit schönem Wetter! Seit Tagen regnet es an der gesamten Mittelmeerküste. Valencia leidet unter massiven Überschwemmungen, die Malle-Urlauber haben seit vierzehn Tagen schlechtes Wetter, Gewitter und Sturm auch in allen anderen Teilen Spaniens. Nur hier ist wolkenlos blauer Himmel und das, obwohl es in Galizien so oft regnet. Das haben wir uns redlich verdient! Und ich mir auch. Ludwig allerdings meint, das liege allein an ihm. Ich grinse und sage, „oho, wenn Engel reisen". Egal, wir freuen uns auf jeden Fall auf eine Chance, mal in schönem Wetter in Santiago einzulaufen.

Das hatte beim ersten Mal ganz anders ausgesehen. Wir hatten zwar überwiegend trockenes und oft schönes Wetter damals – unser ‚blauer Fleck am Himmel', der mit uns zog und von dem wir uns beschützt und begleitet gefühlt hatten. Aber dann dieser letzte Tag. Kurz hinter Lavacolla hatte es angefangen zu regnen und zwar so heftig, dass es mir unter den Regenumhang, den Nacken hinunter und unter den Rucksack gelaufen war. Wir konnten vom „Berg der Freude" aus durch die Regenschleier Santiago kaum erkennen, ganz zu schweigen von der Kathedrale. Ich hatte kurz das Denkmal für Johannes Paul II fotografiert, während der Lange und Mary trübsinnig im geringfügigen Schutz eines Baumes gewartet hatten, dann waren wir weiter durch den Regen gestiefelt. In der Stadt sahen wir vor lauter Wasser keine Markierungen mehr, liefen nur stumpfsinnig bergab und hatten keine Ahnung, wo es zur Kathedrale ging. Als wir sie endlich gefunden hatten, wollte der Lange ja wie erwähnt nicht ungeduscht hinein, Mary wollte erst eine Pension suchen und wir dann eben zunächst in das reservierte Hostal. Schließlich merkte ich, dass ich die Adresse des Hostals verloren hatte, ich kannte nur noch den Namen, aber keiner konnte uns sagen, wo wir es finden würden, da es grade erst neu aufgemacht hatte. Ich war nahe daran gewesen aufzugeben und einfach in irgendeine Pension zu gehen. Wir standen im strömenden Regen unter dem Vordach eines Restaurants und diskutierten, was zu tun sei. Schließlich entschieden wir, noch in dieses eine Restaurant, vor dem wir grad standen, zu gehen und zu fragen – und dort konnte uns der Kellner weiterhelfen. Und die Pension war nicht mal weit weg! Das war so typisch Camino. Du kommst immer wieder bis an deine Grenze, aber eben nur bis ganz kurz davor.

Heute habe ich also die berechtigte Chance, Santiago in der Sonne liegen zu sehen. Mein graues T-Shirt ist derart nass geschwitzt, als wir weitergehen, dass Sebastian lachen muss, als er das sieht. Ich muss die Fleecebluse drüber ziehen, sonst wird mir kalt, sobald ein Lüftchen geht, so nass bin ich. Das graue Shirt trocknet nicht so schnell wie das Blaue, das ich in Padrón ‚entsorgt' habe.

Schon kurz nach dem Frühstück kommen wir an einer Bar mit Glasveranda vorbei und sehen dort Rodolfo, der uns zuwinkt. Er sitzt zwar im Moment alleine dort, aber vor ihm stehen zwei Tassen – und auch zwei Orujo-Gläser. Ludwig steht gleich an der Theke und bestellt. „Das kannst Du nicht machen", sage ich, wir haben grade erst gefrühstückt. „Birgit, hier geht das", sagt er, „wir sind hier anonym!" - „Du meinst wohl ‚anonyme Alkoholiker'" antworte ich und er grinst, lässt sich aber nicht beeindrucken. Tja, der Gruppenzwang setzt sich auch bei mir durch und ich bestelle einen Carajillo. Dieses Mal gibt mir die Wirtin sogar drei Alternativen – mit Cognac, mit Anis oder mit Orujo. „Das geht auch?", frage ich sie und sie lacht. Ok, muss ich probieren. Sie kippt eine rechte Schelle voll Orujo in ein Glas und wärmt ihn eigens an, bevor der Inhalt in den Café kommt. Ich verbrenne mir fast den Mund an dem Glas und die Wirtin kippt den Inhalt noch mal um in ein kaltes Glas. Mir zieht es zwar beim ersten Schluck fast die Schuhe aus - aber es schmeckt. Ich kriege so einen Hitzeanflug, dass mein nasses T-Shirt regelrecht anfängt zu dampfen und muss an den heißen Slivowitz letzten Winter im eisigen Krakau denken, bei dem meine Schwester Petra gemeint hat, ich sei ‚angegangen wie ein Licht'! Ramon kommt aus der Toilette, sieht uns, meinen

Carajillo und meint trocken: „Oh, you must have loved your father very much!“, weil ich doch vorher immer gesagt habe, den trinke ich für Papa. --- Ja, das habe ich. Das haben wir alle zu Hause. Und genau das hier, das hätte ihm gefallen, daran hätte er richtig Spaß gehabt, kommt es mir in den Sinn. „Ja, sage ich da leise, und plötzlich und unerwartet steigen die Tränen in mir hoch. „Ich vermisse ihn so sehr.“ – „Ich weiß“, sagt Ludwig ganz leise und berührt leicht meinen Arm. „Woher weisst Du das?“, frage ich. „Du sprichst so oft von ihm“. Irgendwie tröstet es mich, dass er das bemerkt hat und dass Papa so auf diese Weise doch mit mir unterwegs ist.

Als Papa gestorben ist, war ich so traurig. Und auch so wütend auf den Langen, dass er mich genau in dem Moment und auf so schäbige Art im Stich gelassen hatte, als ich ihn am dringendsten gebraucht hatte. Ihn zum ersten Mal wirklich selbst gebraucht hatte. Dieser Zorn hatte dann erst mal alles andere überdeckt. Ich sagte mir immer wieder, dass ich diese fünf Jahre lang für ihn da gewesen war, in sehr vielen schlechten Tagen. Ihn immer wieder aufgerichtet hatte, z.B. als er völlig aufgelöst von einem Unterhaltsverfahren nach Hause kam und sogar gedroht hat, er wolle nicht mehr leben. Mehr als einmal wollte er in dieser Zeit das Privatinsolvenzverfahren hinschmeißen, weil der Insolvenzverwalter offenbar so ein arroganter Typ war. Jedes Mal habe ich auf ihn eingeredet wie auf einen kranken Gaul, dass er die Zähne zusammenbeißen und immer daran denken solle, dass die Zeit irgendwann ein Ende habe und er dann aus allem raus sei. Aber wenn er aufgebe, hatte ich ihm vorgebetet, dann werde es nie ein Ende haben.

Und dann war ich selbst zum ersten Mal in meinen Leben restlos überfordert. Immer habe ich alles ‚gewuppt‘ - nach der Scheidung alleine mit einem kleinen Kind, keine Familie in der Nähe, ein anspruchsvoller Job, der uns zwar ganz gut ernährte, aber auch viel Einsatz forderte. Unterhalt für meinen Sohn hatte ich von meinem Ex-Mann, mittlerweile Langzeit-Hartz-IV-Empfänger, nie bekommen. Ich war Meister im Organisieren, hatte immer mindestens zwei Fallback-Lösungen parat und war es gewohnt, jeden Stier bei den Hörnern zu packen. Und dann diese Situation, in der unser geliebter Vater langsam und so schrecklich starb. Meine Schwester, die vor Ort wohnte – ihr hatte ich vorher immer einen, wie ich es nenne, „gesunden Egoismus" bescheinigt, weil sie die einzige von uns Geschwistern ist, die es auch mal schafft, ‚nein' zu sagen und mal sich selbst in den Vordergrund zu stellen. Und diese Schwester pendelte damals nur noch zwischen den Eltern, dem Krankenhaus, ihrem Job und ihrer Familie hin und her, verhandelte mit Ärzten, kümmerte sich um Versicherungen, hatte aktuell selbst Probleme in ihrem Job und rieb sich auf. Und litt mit beiden Eltern. Und ich – ich war weit weg, war immer nur hin und her gerissen und hatte ständig das Gefühl, überhaupt keinem mehr gerecht zu werden.

Als der Lange in genau dieser Zeit ging, hatte ich so sehr gehadert. Was hatte ich bloß so Schlimmes getan, dass ich so hart bestraft wurde.

Erst hier, auf diesem Jakobsweg, in dieser tollen Gesellschaft, bei strahlendem Sonnenschein, auf einem wunderschönen Weg – erst hier habe ich diesen Gedanken langsam abgelegt. Niemand konnte das wissen. Wir verstehen so oft nicht, was Gott oder das Schicksal, wie immer man es nennen will, beabsichtigt hat. Vielleicht war es keine Strafe für mich gewesen, sondern hat mich vor Schlimmerem bewahrt? Vielleicht war es eine Belohnung für einen von den beiden oder gar beide? Oder vielleicht ein Test – für mich oder die beiden anderen – und wer ihn bestanden hat oder nicht? Alles ist möglich und nur die Zeit wird es zeigen.

Schließlich schultern wir wieder unsere Rucksäcke und es geht weiter, jetzt nur noch durch viele kleine Ortschaften, keine einsamen Weinbergs- und Feldwege mehr. Wir kommen am Santuario de Escravitude vorbei, das ich mir gerne ansehen möchte. Ludwig und Sebastian kommen mit, es interessiert sie ebenfalls und wir haben ja Zeit. Auch hier gibt es wieder eine Statue von San Roque, dargestellt mit dem Hund, der ihm, als er unterwegs auf Pilgerschaft schwer erkrankte, Brot gebracht und ihn damit am Leben gehalten hat. Ich erinnere mich an die kleine Kapelle in Ruitelan, die ich mir ansehen wollte auf unserer ersten Camino-Etappe, aber sie war verschlossen. Ein alter Mann hatte das gesehen und mir zugerufen, der Schlüssel sei in der Bar, ich solle dort fragen. Nun, mein Bett in der Herberge hatte ich schon, geduscht war ich auch und bis zum Abendessen war noch Zeit, also ging ich tatsächlich in die Bar und fragte und die Wirtin gab mir den Schlüssel. Und was für ein Riesenschlüssel. Als ich dann damit zu der Kapelle kam, stand der alte Mann dort und wartete auf mich und gab mir eine persönliche Führung aller Heiligen in der Kapelle. Damals hörte ich die Geschichte vom Heiligen Rochus zum ersten Mal. Allerdings sagte er mir, es sei ein Wolf gewesen, „San Roque con el Lobo" – der Heilige mit dem Wolf.

Weiter kommen wir durch Milladoiro. Es gibt eine galizische Gruppe dieses Namens, ich liebe ihre Musik. Ob die aus diesem Ort sind? Später erfahre ich: nein, sie haben sich nur nach diesem Ort benannt. Während wir durch Milladoiro laufen, spricht uns eine ältere Dame mit Einkaufstaschen an. Ob wir Pilger seien und sie wünsche uns noch einen guten Weg. Es sei jetzt nicht mehr weit, nur noch 6km und wenn wir noch was trinken oder essen möchten vor Santiago, hier sei die letzte Gelegenheit und sie zeigt uns eine etwas versteckt liegende Bar. Die hätten wir echt nicht gesehen. Es ist heiß und wir sind durstig und egal, ob sie da nun Werbung macht, weil der Wirt ihr Cousin oder sonst wer ist oder einfach nur nett sein will, wir nehmen den Hinweis dankend auf.

Während wir also unser letztes Bier bzw. ich ein isotonisches Radler vor Santiago trinken, halten wir Ausschau nach Ramon und Rodolfo. Wir wären ja ohne den Tipp der Dame auch vorbei gelaufen und hätten diese letzte Versorgungsstation nicht gesehen. Aber nichts zu sehen von ihnen. Sind die beiden so lange hängen geblieben oder so langsam geworden? Grade als wir aufbrechen, kommen sie endlich um die Ecke. Wir rufen laut und sie kommen auch bereitwilligst herüber. Ludwig will den eben geschulterten Rucksack wieder absetzen, aber Ramon packt ihn, dreht ihn in Richtung Santiago und meint, wir sollen ruhig schon mal weitergehen. Ok, dann gehen wir eben weiter. Wir laufen einen Berg hinunter und stellen unten an einer großen Kreuzung fest: keine Pfeile mehr. Irgendwas haben wir vor lauter Schwätzen verpasst. Ich frage alle möglichen Leute, aber keiner weiß, wie es hier weitergeht. Schließlich gehen wir in ein Lokal, um zu fragen und dort kann man uns weiterhelfen. Wir müssen den ganzen blöden Berg in der Mittagshitze wieder rauf! Da hat mich mein Gefühl unterwegs nicht getrogen, an der Stelle, als wir um diese Kurve gebogen sind und dann bergab gingen, hatte ich noch gesagt, „komisch, ich hätte erwartet, dass es hier gradeaus aus der Stadt geht".

Es riecht sensationell gut in dem Lokal, aber wir entscheiden, wenn wir jetzt auch noch ausgiebig zu Mittag essen, kommen wir gar so spät nach Santiago. Also wieder zurück und den Berg hinauf. Oben dann finden wir eine Stelle, an der zwei Pfeile in verschiedene Richtungen zeigen. Ein Pfeil zeigt nach rechts, dorthin, wo wir entlang gegangen sind und jetzt wieder herkommen. Ein Pilgerstein mit Muschel zeigt aber geradeaus, ab von der Straße und in einen Feldweg. Dieses Mal nehmen wir diesen anderen Weg und nun stimmen auch die Beschreibungen aus dem Outdoor-Führer wieder.

Es ist immer noch heiß, der Himmel wolkenlos blau und als wir eine Weile gelaufen sind und über eine kleine Kuppe kommen, können wir endlich den ersten Blick darauf werfen: Santiago de Compostela. In der Ferne ist auch schon die Kathedrale zu sehen und es ist so, wie ich es mir erträumt habe – einmal im strahlenden Sonnenschein in Santiago einlaufen.

Eine ganze Weile weiter, in Rocha Vella, einem Vorort, gibt es neue Unstimmigkeiten: ein Pfeil führt nach rechts, ein anderer geradeaus, ist aber durchgestrichen. Was nun? Wir entscheiden uns für rechts. Der andere wäre wohl richtig gewesen. Wir kommen an einer Bar vorbei, die aber geschlossen ist und dann … - schon früher war uns beim überqueren der Schnellstraßen oft genug mulmig, aber nun kommt der Hit: wir landen auf der Autobahnauffahrt! Vermutlich hat jemand die Pilger an diese geschlossene Bar bringen wollen und darum die Pfeile geändert. Was nun? Mindestens eine halbe oder dreiviertel Stunde zurück laufen? Die beiden anderen wollen nicht und so laufen wir auf dem Seitenstreifen der Autobahnauffahrt weiter. Ich fühle mich absolut unwohl und dränge dauernd zur Eile. Die Autofahrer ordnen sich hier in den fließenden Autobahnverkehr ein und schauen dabei nach links, nicht rechts auf den Seitenstreifen! So also kommen immer diese Radionachrichten zustande, „Achtung, auf dem Seitenstreifen der A sowieso befinden sich Fußgänger!“ Nur dass dieses Mal ich einer der Fußgänger bin!

So bin ich dann schließlich heilfroh, als wir das Stück an der Autobahn hinter uns gebracht haben und nach dem Überqueren eines großen Kreisels endlich auf einem normalen Fußgängerweg Richtung Santiago weiterlaufen können. Ludwig meint zu

Sebastian, dass ich durchaus Recht hätte und diese Sache nicht ungefährlich war, aber zum Glück hatten wir den Pilgerbonus und sind da heil raus gekommen. Da wir ja vom eigentlichen Weg abgekommen sind, gibt es hier keine Pfeile mehr, aber es gibt Hinweisschilder zur Altstadt. Nachdem wir schon ein gutes Stück durch die Stadt gelaufen sind, kommen wir durch einen großen Park und plötzlich habe ich das Gefühl, den kenne ich, hier war ich schon mal!

Das ist der Parque Alameda! Bei unserem ersten Camino haben wir gegenüber dem Park in einer Pension gewohnt – die Pension, die ich im strömenden Regen fast nicht gefunden hatte. Ich habe noch nie viel von dem Park gesehen, dazu war nie genug Zeit, nur dieses Stück hier kenne ich und hier auf einmal wieder zu wissen, wo ich bin und wo es zur Kathedrale geht, ist ein unbeschreibliches Gefühl!

Ich hatte ziemliche Angst vor den Gefühlen, die mich in Santiago befallen würden. Wie würde es werden, wenn ich Orte wieder sehe, an denen wir so glückliche Stunden verbracht hatten. Würde es von neuem anfangen weh zu tun? Würde ich den Schmerz noch einmal so schlimm erleben wie am Anfang? Ich hatte aus diesen Ängsten heraus ursprünglich sogar geplant, Santiago ganz auszulassen und kurz vorher nach Porto umzukehren.

Und nun ist alles ganz anders. Santiago in der Ferne in der Sonne liegen zu sehen, wie ich es mir immer erträumt hatte, das finde ich einfach nur überwältigend. Und nun, als ich anfange, Straßen und Gebäude wiederzuerkennen, mich auskenne in der Stadt, ist da nur ein unbeschreibliches Glücksgefühl. Ich habe es geschafft, alleine, es war ein wunderschöner Weg und in ebenso schöner Gesellschaft. Ich habe jeden Meter genossen und auch jetzt, in den Straßen von Santiago, ist es nicht anders.

Wir laufen durch den Parque Alameda und ich weiß genau, dort drüben geht es San Clemente hinauf, ich zeige Ludwig und Sebastian das Hotel, in das ich heute am liebsten möchte – damals sind der Lange und ich immer daran vorbei gelaufen auf dem Weg zu unserer Pension und ich habe gesagt, nächstes Mal gehen wir da hinein. Und dann stehen wir auf der Plaza Obradoiro vor der Kathedrale. Und wissen einstimmig, dass wir zuallererst da rein möchten. Verschwitzt, dreckig und stinkend, eben wie richtige Pilger in den vergangenen tausend Jahren, mit Rucksack und Wanderstock. Genau das, was ich mir damals auf unserem ersten Camino schon gewünscht hatte. Und so stehen wir alle drei ganz erschöpft und glücklich und ergriffen in der Kathedrale und umarmen uns und sind glücklich, dass wir es geschafft haben.

In der Kathedrale ist es lebhaft wie immer, aber trotzdem spürt man überall diese glücklich-erschöpft-gelöste Stimmung der ankommenden Pilger. Ja, und auch die „Energie“, von der Waldemar, ein Steyrer Missionar und Jakobspilger, den ich mal auf einem Pilgertreffen kennengelernt habe, gesprochen hat. Waldemar hatte uns erzählt, er hat in der Kathedrale einen Pilger getroffen, den er unterwegs schon kennengelernt hatte und mit dem er eine Diskussion über Gott und Glauben geführt hatte. Der andere hatte erklärt, er sei Atheist, er glaube nicht an Gott, er gehe den Weg aus kulturellen, sportlichen oder sonstigen Gründen. Als sie sich dann in der Kathedrale wieder trafen, hatte Waldemar ihn gefragt, was er denn dort suche, wenn er doch gar nicht an Gott glaube. Ich sehe Waldemar noch vor mir, wie er ungläubig-fassungslos erzählt hatte: „Und dann sagte er zu mir, ‚weil hier so eine Energie ist! - Spürst Du das denn nicht?‘ – MICH fragte er, ob ich das nicht spüre!“ Waldemars Fassungslosigkeit ob dieser Frage an ihn, den Priester und Missionar, sehe ich noch vor mir und muss lächeln.

Durch eines der Rosettenfenster fällt das Sonnenlicht in die Kathedrale und bricht sich in kleinen Staubpartikeln in der Luft und es sieht für einen Moment aus, als schaue Gott selbst auf uns herab. Ludwig sieht das offenbar auch und macht ein Foto. Und als ich sage, irgendwie kriege ich das nicht festgehalten, führt Ludwig mir ein bisschen die Kamera und dann sieht es auf einmal auf dem Display genauso aus, es wird mein allerschönstes Foto von all meinen Caminos und ziert nun den Einband meines Fotobuches vom Camino Portugués. Ludwig hat wirklich ein Auge für so was, nicht nur für ‚Pudelwolken'.

Wir nehmen schließlich den Seitenausgang und kommen direkt in die Rua do Vilar. Im Pilgerbüro sind nur wenige Leute vor uns. Morgens noch muss die Schlange bis weit auf die Straße gereicht haben, wie wir später hören und auch am anderen Morgen geht sie bis weit vor das Gebäude. Aber wir können gleich die Treppe hinauf und sind dann auch schnell dran und holen unsere Compostela. Man wird immer nur einzeln vorgelassen, aber Ludwig muss mit Sebastian gehen, weil der ja die Unterlage nicht alleine ausfüllen kann. Und als er sagt, dass Sebastian fast blind sei, sieht man auf dem Gesicht des jungen Mannes hinter dem Tresen deutlich die Bewunderung.

Auch ich hole mir meine Compostela. Meine zweite. Und auf diese hier bin ich noch viel stolzer als auf meine erste, ich habe es ganz alleine geschafft. Endlich ich auch. Ich bin dabei viel lockerer mit allem umgegangen und war viel entspannter als je zuvor. Ich war nur für mich alleine verantwortlich und habe nur für mich geplant. Keiner, der sich in allem auf mich verlassen hat und für den ich so die Verantwortung mit getragen habe. Und ich bin einfach nur glücklich und gelassen – und verschwitzt und stinkend und staubig und zufrieden.

Grade als wir fertig sind und gehen wollen, kommen Ramon und Rodolfo die Treppe hinauf und wir fallen uns noch mal alle um den Hals und beglückwünschen uns und danken einander für die wunderschöne Zeit, die wir miteinander verbracht haben.

Auch die beiden R's holen ihre Compostela ab und dann will Ramon zusammen mit Ludwig und Sebastian in die Herberge von Teodomiro, die ich ihnen empfohlen habe und die ich eigentlich für mich ausgesucht hatte. Ich habe den ganzen Weg überlegt und geschwankt, ob ich dorthin gehen soll oder ins Hotel. Nun bin ich mir sicher, dass ich lieber ins Hotel will. Wenn „meine Jungs" morgen früh alle aufbrechen nach Fisterra und ich alleine zurückfahren muss, das würde zu weh tun. Und außerdem kann ich dann ausschlafen und muss mich nicht um sieben wecken lassen! So.

Ich habe nicht mehr genug Zeit mitzugehen, ich möchte ja auch noch was von Porto sehen. Und Fisterra ist der Ort, an den ich so besondere Erinnerungen habe – das ist der eine Ort auf der Welt, wo ich im Moment nie wieder hingehen möchte. Oder auf jeden Fall jetzt noch nicht. Nach Muxia sicher wieder, auf jeden Fall. Aber nicht Fisterra. Schon als er drei Monate, nachdem er mich verlassen hatte, mit seiner neuen Frau genau diesen Weg gemacht hat. Dieser Weg, der für uns das Schönste war, was wir je zusammen gemacht hatten, noch dazu mit den besonderen Erinnerungen, die damit verbunden waren, da bin ich damals völlig zusammen gebrochen. Das war für mich gewesen, als wolle er auch noch jede schöne Erinnerung an diese Zeit bewusst kaputt machen – was er für sich wahrscheinlich auch tatsächlich wollte. Quasi den alten Eintrag „überschreiben". Aber irgendwann kann ich auch diesen Weg wieder gehen. Ganz sicher.

Damit ich den anderen genau zeigen kann, wo die Herberge Teodomiro ist, wollen wir noch eben rüber in die Tourist Info und einen Stadtplan holen. Es ist halb drei und nur eine Frau steht hinter der Ladentheke. Davor stehen zwei Frauen, die sich die Buszeiten für Fisterra holen und rasch mit einem Fahrplan abziehen. Danach ist noch ein Mann dran, im unbefleckt sauberen, frisch gewaschenen Trekking-Outfit, Trekking-Sandalen, Sahara-Fremdenlegionärshut, kurze Hose, blendend weiße Arme und Beine. Er fragt, wo er eine nicht zu schwierige Wanderung machen könne. „Ach ja? ... und wie komme ich da und da hin? ... und von dort zurück? ... aber könnte ich vielleicht auch nach … ? Ist das Anstrengend? Und wie weit ist es von C nach D? Und fahren auch Busse nach C? oder nach D? Ach ja, und wann? Und wann der letzte? Und wie ist es am nächsten Tag? Und vielleicht noch nach E? …. “ Die Schlange hinter uns ist mittlerweile auf mindestens fünfzehn Leute angewachsen und erste Stimmen des Unmuts werden laut. Der Kerl spricht englisch und so sage ich auch auf Englisch, damit er mich ebenfalls versteht, zu der Dame hinterm Tresen, „wenn Sie ein merkwürdiges Geräusch hören, stören Sie sich nicht dran, das bin dann ich, ich weine hier einfach nur leise vor mich hin!“ Den Mann stört das gar nicht. Von hinten meint jemand, es sei jetzt mal genug und er solle jetzt endlich zum Ende kommen, aber das stört ihn ebenso wenig. Die Dame von der Info ist leicht genervt, kann ihn aber offenbar nicht wegschicken. Nach etlichen weiteren Minuten sage ich – wieder in Englisch – zu ihr: „Wenn ich endlich dran bin und Sie mich nicht mehr sehen, schauen Sie mal kurz vor den Tresen, dann bin ich wahrscheinlich davor zusammen gebrochen!“ Ludwig sagt, ich solle den Rucksack absetzen und ich meine, nein, dann kriege ich ihn nicht mehr hoch und Ludwig grinst ob der Formulierung. Die anderen hinter uns stehen ebenso wie wir noch in voller Montur da, mit Rucksack etc. Schließlich sagt der Typ vor mir: „Noch eine letzte Frage…“ und dann schließlich und endlich „danke, das war‘s“. Ich kann es nicht fassen und äußere das auch recht laut. Darauf meint er zu mir, ich solle nicht so sarkastisch sein. Ich und sarkastisch?? Die Dame fragt ihn noch nach seiner Nationalität – für ihre Statistik – und er ist Amerikaner. „Darauf hätte ich ein Jahresgehalt verwettet!“, sage ich. „Niemand sonst wäre hier derart rücksichtslos, egoistisch und anmaßend aufgetreten.“ Okay, jetzt übertreibe ich, aber ich bin derart entnervt! Und dann dreht er sich endgültig zu uns um und wird auch noch laut, ich sei arrogant. Aber jetzt wird Ludwig, der bisher ruhig war, richtig böse und meint, wenn hier einer arrogant sei, dann ja wohl er und weist ihn sehr bestimmt darauf hin, dass inzwischen etwa zwanzig Leute hier stehen, die offenbar alle heute schon weit unterwegs waren, müde und erschöpft hier ankommen und nur seinetwegen hier seit mehr als einer halben Stunde warten, weil er die Tourist Info als eine Art Reiseleitung missbraucht, ohne Rücksicht auf andere. – Der Typ war ein echtes Highlight. Wenn man wochenlang nur tolle Leute kennengelernt hat, bringt einen so einer wieder hart zurück in die Realität.

Schließlich haben wir aber doch unseren Stadtplan und verabreden uns für den Abend zum Abschiedsessen und gehen erst mal getrennte Wege. Ich gehe zurück, San Clemente hinunter, in das Hotel meiner Wahl – und es ist „completo“! Das erste Mal auf diesem Camino, dass etwas „completo“ – voll belegt - ist! Aber es gibt noch drei weitere Hotels dieser Kette hier in Santiago und die sehr freundliche Dame an der Rezeption ruft im nächsten an, um zu fragen, ob dort etwas frei ist. Und obwohl das zwei Sterne mehr hat, bietet man mir ein Zimmer zum gleichen Preis wie ich hier bezahlt hätte. Gut, den Luxus gönne ich mir jetzt. Es sei auch ganz in der Nähe, etwa 600 Meter, meint sie. Ok, sie hat sicher keine Ahnung, was „ganz in der Nähe“ ist, wenn man schon über 20km unterwegs ist. Es ist zwar nach meinen Begriffen keineswegs „ganz in der Nähe“

– ich muss um die halbe Altstadt laufen, aber das schaffe ich natürlich. Und es erweist sich als wunderschönes Hotel in einem alten Gebäude mit sehr dicken Mauern, angenehm kühl und das Zimmer ist sehr schön und groß, mit einem kleinen Wintergarten.

Ich dusche erst einmal und gehe dann los, ich will mir eine andere Tasche kaufen. Von der Bauchtasche habe ich die Nase voll, ich will eine Handtasche. Aber so teuer soll sie nicht sein. Ich finde schließlich ein quietschgelbes Etwas, das offenbar keiner haben wollte, für 6 Euro. Ludwig sagt später zu mir, die sei super, man könne mich schon von weitem daran erkennen! Schwarze Hose, schwarzes Shirt und diese Zitronenfaltertasche.

In der Parfümerie dufte ich mich ein. Nächstes Mal muss ich wirklich einen Duft mitnehmen, wie Ludwig, das ist wirklich angenehm abends nach dem Duschen - und an ihn sind auch deutlich weniger Fliegen gegangen unterwegs! Ich kaufe noch ein paar Pflegeartikel, da kommt eine SMS von Henning, der auf der Plaza beim Hotel Brabantes sitzt und ein Bier mit mir trinken möchte. Ich bin nur wenige Minuten davon weg und beschließe, nicht zu antworten, sondern gleich hin zu gehen. Ich muss eh dort vorbei, da ich mich mit den Österreichern auf der Plaza Obradoiro verabredet habe. Er sitzt auch noch da und wir begrüßen uns herzlich und trinken ein Bier zusammen, aber ich muss mich schon bald entschuldigen, ich möchte die anderen nicht warten lassen. Wir verabreden uns für morgen nach der Messe, mein Bus geht erst um fünf.

Sebastian und Ludwig warten schon vor der Kathedrale. Wir haben alle drei noch nichts gegessen. Das üppige Mittagessen der letzten Tage war ja heute auch ausgefallen, weil wir um die Zeit grade in Santiago angekommen sind und lieber in die Kathedrale und ins Pilgerbüro wollten, dementsprechend groß ist jetzt unser Hunger. Wir sind uns einig, dass wir uns nicht in das Gewühl der Rua do Franco stürzen wollen, der „Fressgass von Santiago", wie ich sie immer nenne nach der Frankfurter Traditionsmeile. Entweder San Clemente, in das schöne Lokal, in dem ich beim ersten Mal öfters war oder oben auf der Plaza vor der Polizeizentrale. Wir entscheiden uns für letzteres, in der Hoffnung, dort noch die letzten Sonnenstrahlen abzukriegen.

Wir bestellen zunächst mal das Übliche – eine Flasche Wasser und eine Flasche Vino Tinto. Ich frage die beiden, ob sie mit mir eine Paella essen mögen, die gibt es nur ab 2 Personen, eine Paella mit Meeresfrüchten. Ludwig findet das eine gute Idee und auch Sebastian stimmt zu. Vorher bestellen wir einen Salat. Zwei Portionen sind für drei Personen als Vorspeise genug, entscheidet der Kellner. Wie sich zeigt, hat er recht. Auch die Paella ist sehr gut und ich zeige Sebastian, wie man die Garnelen oben drauf isst – die isst er nämlich zum ersten Mal.

Zum Abschluss schlage ich eine Tarta de Santiago vor – die kennt nun auch Ludwig noch nicht. Und das, wo er so ein „Süßmaul" ist. Das ist dann auch etwas ganz nach seinem Geschmack. Und dann bestehen die beiden darauf, mich einzuladen, was mir erst gar nicht recht ist, denn schließlich habe ich ausgesucht, wo wir hingehen. Aber auch Ludwig sagt dann, er habe noch nie eine Paella gegessen und ohne mich hätte er sie nicht probiert. Das war bei uns zu Hause anders, mein Sohn ist aufgewachsen mit Paella und Chili und Wok und Gerichten aus aller Welt.

Nach dem schönen Essen sitzen wir noch eine ganze Weile auf der Plaza und unterhalten uns. Pilgerthemen – warum gehen wir immer wieder auf den Camino? Was ist dieser „Virus

Caminensis“, von dem wir auch im Pilgerforum immer schreiben, dieses „Jakobswegfieber“? Ich erzähle, worüber ich schon mit Xavier gesprochen habe – diese Reduktion auf vier Probleme: Wo ist der nächste Pfeil? Wie weit ist es noch? Wo kann ich schlafen? Wo kriege ich was zu essen? Ludwig meint - auch wenn wir den ganzen Weg Witze darüber gemacht haben, weil es eine Szene aus meinem Lieblings-Jakobsweg-Film „Brüder III“ ist - ‚Reduktion‘ sei auf jeden Fall ein wichtiges Thema. Mit weniger auskommen, sogar mit ganz wenig. Alles was wir wochenlang brauchen, tragen wir bei uns, wie Landstreicher. Auch an die eigenen Grenzen gehen, in vielerlei Hinsicht. Kräftemäßig in erster Linie, aber auch mental und zum Beispiel auch, was unsere normale Hygiene angeht. Die Bedingungen, unter denen man manchmal übernachtet, wären zu Hause nicht vorstellbar. Und trotzdem übersteht man es und lernt auch aus diesen Erfahrungen. Ludwig denkt wieder an seinen Schlafplatz in der Tiefgarage und ich muss lachen. Aber schließlich war es trocken und es gab Licht und Strom, man hat ihnen Dusche und Bett hingestellt und alleine dieses Bewusstsein, wie sich wildfremde Menschen darum bemüht haben, es ihnen einigermaßen bequem zu machen, war doch ein Highlight auf ihrem Weg.

Ludwig hat in den ersten Tagen seinen Pass verloren und Sebastian seine teure Spezialbrille für seine kranken Augen – aber sie sind trotzdem weiter gegangen, bis zum Ende. Zuhause wäre das sicher anders gewesen.

Schließlich bestehe ich zum Abschluss eines wunderschönen, allerletzten Abends darauf, meine Männer zu ihrer Herberge zu bringen. Ludwig findet das sehr merkwürdig und meint, das gehe nicht. Aber erstens will ich nun wissen, wo die Herberge ist und wie sie aussieht – fürs nächste Mal - und zweitens müssen die beiden morgen früh raus und darum ins Bett. Und ich habe morgen früh viel Zeit! Also gehe ich mit und wir verabschieden uns endgültig und sehr herzlich vor der Herberge.

Ich habe wie gesagt noch viel Zeit und bin überhaupt nicht müde. Also gehe ich zuerst nochmal über die Plaza Obradoiro. Unter den Arkaden gegenüber der Kathedrale ist eine Gruppe Studenten und Mitarbeiter der Universität in traditionellen Universitätsgewändern am Musizieren, traditionelle keltische und galizische Musik und ich setze mich eine ganze Weile zu den Zuhörern. Schließlich gehe ich noch in die Rua do Franco, irgendwo ein Glas Wein trinken. In dieser Bar war ich auch schon mal Tapas essen, aber heute sind dort ein paar ziemlich betrunkene Amerikaner zugange, das behagt mir gar nicht und so beschließe ich, endlich in mein Hotel zu gehen, wo ich beim Ausziehen noch kurz den Fernseher anschalte. Es läuft grade ein Musikvideo von Carlos Baute, spanischer Superstar des Jahres 2009 mit einem der Top-Ten-erfolgreichsten Songs aller Zeiten in Spanien. Genau den höre ich schon den ganzen Sommer rauf und runter und so ist auch das ein besonderes kleines Abschiedsgeschenk nur für mich, von diesem ersten alleinigen, meinem ganz eigenen Camino.

Donnerstag, 01. Oktober 2009 - Porto

Am andern Morgen schlafe ich tief und fest bis um 9.00 Uhr. Als ich aufwache denke ich sofort daran, dass meine Begleiter sicher schon eine Weile unterwegs sind und bin richtig traurig. Es war wirklich gut, nicht mit in die Herberge zu gehen. Es hätte sehr weh getan, sie alle weiterziehen zu sehen.

Ich dusche zunächst mal, ziehe mich an und packe meine Sachen zusammen. An der Rezeption fragt man mich, ob ich im Hotel frühstücken möchte – es gebe ein sehr gutes Frühstücksbuffet mit vielfältiger Auswahl. Aber ich will keine vielfältige Auswahl – das habe ich zu Hause fast jeden Sonntag, wenn wir unseren üblichen Brunch machen. Ich will nur eins – Churros con Chocolate, so dick, dass man sie löffeln muss. Die Chocolate. Und die gibt es gegenüber, neben der Markthalle. Der Rezeptionist lächelt, nein, das gebe es auf ihrem Buffet nicht.

Ich zahle und darf meinen Rucksack im Hotel lassen und dann gehe ich zuerst in meine Churros Bar. Die Schokolade ist genau wie ich sie in Erinnerung habe – süß, heiß und so dick, dass der Löffel fast drin stehen bleibt. Solchermaßen gestärkt mache ich mich auf den Weg durch die Markthallen, jetzt geht es ans Shopping für Mitbringsel. Für Luis kaufe ich Shirts, wie immer. Dann finde ich einen kleinen steinernen Santiago und die Verkäuferin antwortet auf meine Frage, ob man den draußen aufstellen könne, dafür sei er gedacht. Auch auf dem Friedhof? Aber natürlich. Den nehme ich mit für Papa.

In einem kleinen Geschäft entdecke ich etwas für mich Neues: „Llamadores de Angeles“ heißen sie, „Engelsrufer“ – kleine kugelförmige Kettenanhänger, schön verziert und filigran gearbeitet, die eine kleinere Kugel mit einem Glöckchen darin enthalten, die bei jeder Bewegung mit einem ganz zarten Klingeln die Schutzengel rufen soll. Wie schön! Einen solchen „Engelsrufer“ brauche ich unbedingt – und ich trage ihn eigentlich seitdem. Sogar Luis findet ihn schön.

Dann gehe ich durch die Altstadt zur Kathedrale und in die Pilgermesse. Henning sitzt in der ersten Reihe – er wollte extra ganz früh da sein, um diesen Platz zu bekommen. Ich stehe zuerst vorne an einer Säule, eine Frau sitzt neben mir auf dem

Sockel der Säule, sie winkt mir zu, ich solle mich zu ihr setzen und macht ein Stückchen Platz. So sitze ich also quasi auch in der ersten Reihe, obwohl ich erst kurz vor Beginn gekommen bin. Die Nonne singt so schön wie immer und ich bin so glücklich und es dauert nicht lange und die Tränen laufen. Zuerst will ich sie ganz verstohlen wegtupfen, aber dann sehe ich, dass auch der Frau neben mir, die mir einen Sitzplatz auf dem Sockel der Säule freigemacht hat, die Tränen übers Gesicht laufen und so lasse ich es auch geschehen. Ich habe mich so sicher und aufgehoben gefühlt auf meinem Weg, ich habe immer das Gefühl gehabt, Papa passt auf mich auf.

Zu Hause ist mir der Friedensgruß immer ein Gräuel, besonders wenn die Leute aufstehen und noch Reihen weiter laufen, um nur ja jedem die Hand zu schütteln. Hier in der Kathedrale möchte ich einfach jeden umarmen, denn ich sehe in den meisten Gesichtern die gleichen Regungen wie bei mir. Wie gerne möchte ich Mama einmal hierher bringen, darüber muss ich zu Hause mal mit ihr sprechen.

Vor der Kathedrale treffe ich mich dann mit Henning. Wir beschließen, beim Pferdekopfbrunnen in der Sonne noch ein Abschiedsbier zu trinken; es werden dann sogar drei, wobei die „Pinchos“, kleine Happen, so reichlich bemessen sind, dass wir gar nichts mehr essen gehen müssen.

Das erinnert mich an unseren ersten Camino und den Abschluss in Fisterra. In der Bar am Hafen brauchte man auch nur zu trinken, um gut gesättigt das Mittagessen einfach ausfallen lassen zu können. Dort bin ich damals am letzten Tag mit dem Langen „verhockt“, als wir auf den Bus zurück nach Santiago gewartet haben und wir sprachen über die Begegnungen, die wir auf unserem Camino gemacht hatten. Als eine der ersten, schon in der Karl-Leisner-Herberge von Hospital de Orbigo, unserer allerersten Herberge am Weg, war uns Piel, eine Dänin Anfang 60 begegnet. Sie sprach außer Dänisch noch Englisch. Wirklich sehr nett, aber nach einer Weile fing sie an, mich wahnsinnig zu nerven. Wo immer wir waren, tauchte sie auf. Wenn wir mal alleine sein wollten und uns in eine Ecke eines Restaurants verzogen hatten wie z.B. in Molinaseca dauerte es nicht lang und ein „Hiiiii, there you are“ erscholl! Meist schleppte sie irgendwelche Franzosen oder Spanier an und ich sollte dann dolmetschen. Spanisch geht noch, aber mein Französisch ist, wie schon erwähnt, völlig eingerostet und solche Unterhaltungen finde ich dann total anstrengend, zumal dann, wenn ich in Ruhe essen will. Darüber hinaus ließ sie uns bereitwillig an jedem Gedanken ihres Tages teilnehmen. „Ich denke unterwegs darüber nach, wer ich bin!“ philosophierte sie auf Englisch. „Wenn ich das wissen will, schaue ich einfach in meinen Pass! Aber so besoffen bin ich selten!“ dachte ich dabei bösartig. Auch pflegte sie morgens um sieben, wenn sie meinte, nun sei genug geschlafen, unbekümmert alle Lichter anzuschalten und konnte den Unmut anderer um diese Zeit gar nicht verstehen. Und so war ich dann nach einigen Tagen so weit gewesen, dass ich gesagt hatte, „heute laufe ich bis ich umfalle oder bis ich sie abgehängt habe.“ Und dann haben wir tatsächlich eine so lange Etappe gemacht, dass wir es geschafft hatten. Hinter Cacabelos blieb sie endgültig verschwunden. Aber als wir da so in Fisterra saßen und über unsere Begegnungen nachdachten, wurde ich grade bei dem Gedanken an Piel ziemlich bedrückt und kleinlaut, mein Verhalten tat mir echt leid. Eigentlich war sie wirklich eine ganz Nette und Liebe – nur eben ein bisschen zu viel um uns herum gewesen. Ich bedauerte ehrlich, dass sie eine der wenigen gewesen war, die wir auch in Santiago nicht mehr getroffen hatten. Ich hätte mich eigentlich doch sehr gerne von ihr verabschiedet. Nun ja, unsere Zeit war um und ich wollte noch mal schnell zur Toilette, bevor wir uns zum Bus begaben. Und als ich zurückkam, wartete der

Lange vor der Ecke, hinter der unser Tisch stand, auf mich und meinte: „Und jetzt rate mal, wen ich hier für Dich habe!" und ohne lange zu überlegen stürzte ich mit dem Ruf „Piel!" um diese Ecke und tatsächlich, da stand sie und wir fielen uns in die Arme und waren richtig glücklich, uns noch mal zu treffen und uns verabschieden zu können. Auch das war ein wunderbares Beispiel dafür, dass der Camino einem immer gibt, was man braucht.
Auch wenn man es nicht immer gleich verstehen kann.

Schließlich wird es Henning und mir in der Sonne gar zu heiß und wir ziehen uns zurück unter die Markise des Wiener Kaffeehauses in der Rua do Vilar. Und irgendwann muss ich endgültig gehen. Ich verabschiede mich von Henning. Die Art und Weise unseres Zusammentreffens in Padrón war so nett und wird mir immer als einer der schönsten Momente auf dem Camino in Erinnerung bleiben. Ich hoffe, wir sehen uns irgendwann mal wieder.

Ich hole im Hotel meinen Rucksack ab und mache mich auf den Weg zum Busbahnhof. Mit all meinen Mitbringseln ist er so schwer geworden, dass ich das Gefühl habe, meine Beine geben gleich nach und so nehme ich kurzerhand den Stadtbus und fahre zum Busbahnhof. Ich bin ganz wehmütig. Es ist fast vorbei. Mein mit Abstand schönster Weg bisher geht zu Ende. Wie gut hat der Himmel es mit mir gemeint, nur Sonne und blauer Himmel und nette Gesellschaft. Ich habe das Gefühl, dieses Mal ist mir aber auch gar nichts über den Weg gelaufen, was irgendein negatives Gefühl hervorgerufen hätte. Dieser Weg war eine Aneinanderreihung von Schönem. Mir ist bewusst, dass es schwer werden wird, das beim nächsten Mal zu übertreffen oder auch nur dem gleich zu kommen.

In der Nähe des Busbahnhofs sitze ich noch eine Weile an einem Tisch vor einer Bar und schreibe weiter in mein Tagebuch, bis der Bus kommt. Ich will ja dieses Mal absolut alles festhalten.

Nun werde ich ja einen Tag früher als geplant in Porto sein und nach dem, was ich so bei der Durchreise von Porto gesehen habe, ist die Stadt das auf jeden Fall wert. Allerdings gilt meine Hotelreservierung erst ab morgen. Ich war gestern bereits versucht, ins Internet zu gehen und auch für heute eine Vorabreservierung zu machen. Aber dann hatte ich doch keine Lust gehabt, mich dafür ins Internet-Café zu setzen und so gut ist mein Portugiesisch nicht, dass ich es in der gebuchten Pension am Telefon versucht hätte. Ich fahre nun einfach aufs Geratewohl nach Porto, in der Hoffnung, auch schon einen Tag vorher in der gebuchten Pension ein Zimmer zu bekommen. Und wenn nicht, denke ich, dann setze ich mich in eine Bar, bis diese schließt und laufe dann am Douro entlang. Und wenn ich das nicht schaffe und alle Stricke reißen, gibt es bestimmt irgendwo eine Tiefgarage …

Zu allem Überfluss komme ich dann nach etwa vier Stunden Busfahrt nicht am erwarteten, mir schon bekannten Busbahnhof an – stimmt ja, der ist von Rede Expressos, der portugiesischen Linie und ich komme in einem spanischen Alsa-Bus zurück nach Porto – sondern irgendwo ganz anders. WO genau bin ich? Ich finde es nicht mal in meinem Stadtplan und es ist schon neun Uhr abends. Schließlich gehe ich in eine Kneipe, nenne die Straße, die ich suche und frage, ob mir jemand wenigstens die Richtung weisen kann, denn nicht mal die weiß ich. Ein kleiner, dunkelhäutiger Portugiese mittleren Alters (aha, Raptor-Fingernagel am kleinen Finger!) geht mit mir hinaus und bedeutet mir, ihm zu folgen. Es ist schon dunkel und mir ist etwas mulmig, als er mich durch ein Gewirr kleiner

Gässchen führt. Schließlich kommen wir an eine breite Straße und er deutet in eine Richtung, erklärt mir, ich müsse dieser Straße folgen, dann über einen Platz und gegenüber in eine andere Straße, die direkt zu meinem Hotel führe.

„Wirst Du gar auf Deine alten Tage nochmal spontan?“ fragt mein Sohn, als ich ihm später davon erzähle. Das erinnert mich daran, wie ich damals, kurz nach dem Auszug des Langen, einmal gewütet hatte, dass er so gar nichts bei uns eingebracht, nur immer genommen hatte. Alles was wir in den Jahren geplant und unternommen haben, jeder Impuls kam von mir. Elsass, Camping, Hütte, London, Walken, Marathon – egal, es war immer von mir gekommen. Und ganz besonders unsere Leidenschaft für die Jakobswege, der ‚Virus Caminensis‘ - ohne mich wüsste er wohl bis heute nicht, wie man Camino de Santiago schreibt. Aber auf meine wütende Frage, „was hat er uns denn je gebracht?“, hatte mein Sohn kurz nachgedacht und dann gesagt, „Spontanität?“. Und ich war still gewesen und hatte gedacht, was für ein hellsichtiges und cleveres Kind, er hatte mal wieder genau den Finger auf den richtigen Punkt gelegt. Ich, der Planer. Spontanität ist ganz sicher keine von meinen Eigenschaften und ja, da war der Lange anders und hatte auch in unser Leben genau das mitgebracht.

Jetzt bin ich also endlich mal spontan. Ich denke, Spontanität und Verantwortungsgefühl schließen sich zwar nicht grade gegenseitig aus, können sich aber durchaus im Weg stehen. Außer für mich habe ich hier für niemanden die Verantwortung, weder tatsächlich noch selbstauferlegt und so schaffe ich es sogar mal, spontan zu sein.

Als ich das Hotel erreiche, ist es schon fast 22.00 Uhr. Die junge Frau an der Rezeption spricht zum Glück perfekt Englisch. „So, Sie haben also gedacht, Sie spazieren hier rein und wir haben ein Zimmer für Sie?“ fragt sie mich. Nicht gedacht, aber im Stillen gehofft. Sie geht die Beleglisten im PC durch und meint dann, sie habe tatsächlich eines, es habe eine Stornierung gegeben. Aber leider müsse ich dann morgen umziehen in das reservierte Zimmer. Das ist mir sch…egal, ich habe nur einen Rucksack dabei, der ist ruckzuck wieder gepackt. Sie bietet mir sogar an, einfach den gepackten Rucksack morgens im Zimmer stehen zu lassen, das Personal werde ihn schon ins andere Zimmer bringen. Wunderbar, was will ich mehr?

Okay, als ich dann mein Zimmer für die Nacht sehe, fällt mir dazu doch Einiges ein… Der Teppichboden wäre eine echte Herausforderung für ein CSI-Team, wahrscheinlich ließe sich eine Generationengeschichte von Krankheiten, kleineren und größeren Unglücksfällen, Fortpflanzungsversuchen und Enttäuschung derselben daraus ablesen. Ich vermeide einfach nur, ihn mit bloßen Füßen zu berühren. Und dann das Bad … das ist richtig schlimm. Die Halterung des Duschvorhangs – ein perfektes Gegenstück zum Teppichboden – fällt mir beim Duschen fast auf den Kopf. Die Tür lässt sich nicht abschließen. Auf der Plus-Seite: die Bettwäsche sieht sauber und blütenweiß aus. Ich verschließe die Tür notdürftig (zweimal fest den Drehknopf packen und sie ist wieder offen) und gehe noch ein Glas Wein trinken in das alte Caféhaus nebenan. Wer meinen Rucksack klaut, hat lauter dreckige, richtig dreckige, Wäsche und eine Tarta de Santiago, alles Wichtige nehme ich in meiner Zitronenfaltertasche mit. Später, als ich schlafen gehe, schiebe ich einen Stuhl unter den Türgriff. Und wache nicht ein einziges Mal auf.

Kellerbar in Porto

Abschlussessen

Freitag, 02. Oktober 2009 - Porto

Porto!
Der erste Tag, der kühl, grau und verhangen ist. Nichtsdestotrotz mache ich zuallererst eine Fahrt im Yellow Bus, dem Open-Top-Bus, durch ganz Porto bis hinaus ans Meer. Ich habe meine grüne Fleecebluse an und friere mir echt was ab dort oben. Aber es ist trocken und um nichts in der Welt möchte ich nach drei Wochen an der frischen Luft im Inneren des Busses sitzen und durch schmutzige Fenster auf diese schöne Stadt schauen. Habe ich ehrlich gedacht, Braga sei schöner als Porto? Nein, ist es nicht. Anders schön. Braga ist purer Barock, Porto hat viel ältere Viertel. Aber auch hier gibt es viele Barockkirchen, während die Kathedrale beispielsweise romanisch ist, mit gotischen Ergänzungen.

Jedenfalls ist mir so kalt, als ich nach knapp zwei Stunden aussteige, dass ich mich erst mal aufwärmen muss. Die Bars in der Altstadt sind noch geschlossen. Als ich durch enge Gassen laufe, sehe ich auf einmal eine Art niedrigen Kellereingang, aber der Durchgang ist offen und innen sieht es aus wie eine Bar. Ich denke ans La Baldufa, unsere – von meiner Schwester und mir – Lieblingskneipe während unserer Spanienurlaube ganz früher. Ein kleines Kellerloch, man musste immer den Kopf einziehen durch die niedrige Kellertür, aber das Originellste, das ich je an Bars erlebt habe. Hier sehe ich innen eine Theke, auf der eine alte Frau lehnt und Zeitung liest. Ich trete ein. Tatsächlich, es ist eine Bar. Ich bestelle Kaffee und einen Orujo. Es ist noch keine 11.00 Uhr. Sie zieht erstaunt die Augenbrauen hoch. Den Orujo kippe ich in den Kaffee und erkläre ihr, dass mir oben auf dem offenen Bus so verdammt kalt geworden ist, dass ich dringend was brauche, um mich aufzuwärmen. Sie kichert und sagt, sie mache das im Bedarfsfall auf die gleiche Weise. Dann fragt sie mich, woher ich komme und ob ich Urlaub mache. Ich erzähle ihr, dass ich nach Santiago gepilgert bin und das interessiert sie sehr. Sie kann ein paar Brocken Englisch, ein bisschen Spanisch, dazu mein bisschen Portugiesisch und so unterhalten wir uns blendend. Sie gibt mir noch einen Orujo aus, nein, Aguardente heißt es hier, mit Oberflächenspannung. Ein toter Moskito fließt aus der Flasche mit ins Glas und sie holt ihn mit dem Löffel raus. „Was für ein schöner Tod, hätte mein Vater gesagt“ erkläre ich ihr und sie schüttelt sich vor Lachen. Schließlich nimmt sie mir das feste Versprechen ab, beim nächsten Mal in Santiago in der Kathedrale eine Kerze für sie anzuzünden. Natürlich habe ich es bei meinem nächsten Besuch in Santiago auch gemacht.

Als ich rauskomme, dringt die Sonne durch. Heiß ist mir nun sowieso. Ich mache eine Fahrt mit dem Boot auf dem Douro, die 5-Brücken-Tour und unterwegs wird es dann richtig warm. Dann besichtige ich die berühmte Francisco-Kirche – und pralle in der Tür förmlich zurück vor so viel Pracht! Kein Zentimeter Stein ist an den Wänden sichtbar, alles ist bedeckt mit vergoldeten Holzschnitzereien. Lebensgroße Figuren von Märtyrern, fünf Franziskaner, die in Marokko geköpft wurden, eine Gruppe von Priestern am Kreuz, alle Figuren fast lebensgroß.

Später gehe ich an der Kathedrale vorbei zurück an den Douro, wo ich fürstlich zu Abend esse, zu einem Preis, zu dem wir im Hinterland zu dritt drei Tage lang gegessen haben. Nur meine Notizen kann ich leider nicht weiterführen, mein Buch ist voll. Sonst konnte ich heute noch alles einkaufen, was ich brauchte, nur ein neues Notizbuch zur Ergänzung meines Berichtes habe ich nicht gefunden. Aber da kommt ein Junge, der die Tische abklappert und Kleinkram an die Touristen verkaufen will, bemalte Holzlöffel und dergleichen Schnickschnack – und er hat ein einziges Notizbuch. Ich bin einfach platt, sowas passiert einem wirklich nur auf dem Camino. Das einzige, was mir nun noch fehlt und was ich vergessen habe, ist Folie für meinen Rucksack. Aber auch die wird sich finden und während ich meinen Wein austrinke, kann ich nun wenigstens meine Aufzeichnungen fertigstellen.

Samstag, 03. Oktober 2009 – nach Hause

Am nächsten Morgen laufe ich in der Morgensonne zur Metro. Die Geschäfte sind leider noch geschlossen und die Hoffnung, doch noch eine Rolle Frischhaltefolie für meinen Rucksack zu bekommen, schwindet. Das Einzige, was schon geöffnet hat, ist der Mercado Bolhao. Hier ist schon richtig was los, Fisch und Fleisch, lebende Hühner, Gemüse und Blumen werden angeboten. In einer Ecke gibt es einen Stand mit Wolle, die in großen Plastiksäcken zu Kilopreisen verkauft wird. Die Säcke sehen aus, als würden sie exakt um meinen Rucksack passen. Ob sie mir einen solchen Sack verkaufen kann, frage ich die Händlerin. Nein, nicht einen ganzen Sack Wolle – den Plastiksack! Ich erkläre, wofür ich ihn brauche und sie nickt, klar, das geht. € 0,50 will sie dafür. Und er passt wie maßgeschneidert um den Rucksack. Auftrag ans Universum …

Tja, und dann bin ich am Flughafen und es ist wirklich zu Ende. Mein erster Camino ganz allein. Mein schönster Camino. Der mich mit vielem ausgesöhnt hat. Zum ersten Mal seit über einem Jahr bin ich richtig glücklich und das Glücksgefühl hält noch ganz lange an.

Ich glaube, im nächsten Jahr gehe ich den Camino Primitivo, den hat mir Ramon wärmstens ans Herz gelegt, der sei landschaftlich der Schönste. Schöner als der Catalán, nach dem ich ihn in dem Gespräch darüber gefragt hatte. Ja, den Primitivo nehme ich mir vor.

Nach dem Camino ist vor dem Camino.

„Gut, ich bin immer nervös, wenn es auf Reisen geht. Ich, der absolute „Planer“! Schon Monate vorher fange ich an, Reiseführer zu lesen und Etappen zu planen, Wegalternativen zu erkunden, Packlisten zu schreiben. Mein Rucksack steht schon mindestens drei Wochen vorher fertig gepackt im Gästezimmer.“ Genau so habe ich dieses Buch angefangen. So war ich immer und so habe ich auch meinen Camino Portugués begonnen.

Dieser Weg hat vieles verändert. Zum ersten Mal habe ich einen Jakobsweg nur für mich geplant. Dieses Mal musste ich keine Änderung diskutieren oder rechtfertigen und konnte zum ersten Mal wirklich das erleben, was der Jakobsweg für so viele schon immer bedeutet. Auch vorher hatte ich immer das Gefühl gehabt, meinen Alltag „loszulassen“. Heute weiß ich, das war nur ein kleines Stück weit „loslassen“, nur ein ganz kleines Stück. Nach diesem Camino Portugués bin ich meine folgenden Jakobswege ganz anders angegangen, denn ich hatte wirklich entdeckt, was der Pilgerweg sein kann, was „loslassen“ wirklich bedeutet. Bei meinem nächsten Weg habe ich erst kurz vorher angefangen zu packen, Routine habe ich ja nun. Ich habe fast den Flug verpasst, weil ich „last Minute“ am Flughafen war, dann eine riesige Schlange vor mir hatte und als ich endlich dran war, die Dame von der Lufthansa leicht ironisch zu mir sagte: „oh – Sie haben Glück, das ist das neue Gate und hat den weitesten Weg. Wenn es an der Security sehr voll ist, sollten Sie ein bisschen drängeln.“ Und das mir, die sonst immer mindestens zwei Stunden zu früh da war!

Dieser Weg hat lange in mir nachgewirkt. Im Büro hatte ich über Monate hinweg eine Gelassenheit, die manche Kollegin veranlasste zu sagen, so ein Pilgerurlaub solle für unsere Consultants zur Pflicht gemacht werden.

Nach diesem Jakobsweg in Portugal hatte ich endlich wieder das Gefühl, glücklich und zufrieden zu sein. Die Zufriedenheit hält an.

Jeder sucht irgendwie das Glück für sich selbst, seinen Weg zum Glück. Und es gibt heute immer mehr Möglichkeiten, mehr Formen des Glücklichseins. Aber wenn man andererseits heutzutage das Glück für sich nicht findet, ist man nicht einfach nur ‚nicht glücklich' oder gar unglücklich, sondern man gilt sogar schnell als Versager. So steht jeder unter einem gewissen „Glückszwang". Und wenn man nicht glücklich ist, sucht man dafür einen Schuldigen. Oft fällt diese Rolle dem Partner zu als der nächststehenden Person.

Ohnehin neigen wir heute dazu, immer anspruchsvoller zu sein und auch Beziehungen zu "überfrachten". Früher, im Verbund der Großfamilie, wurden verschiedene Rollen durch verschiedene Personen abgedeckt. Heute erwarten wir, dass der Partner alle Rollen übernimmt – nicht mehr unbedingt als Versorger, aber doch als Vertrauter, bester Freund, Liebhaber, Sorgentelefon, Beschützer und starke Schulter. Erwin, den wir in der Meseta getroffen haben, hat mir viel später mal gesagt, man dürfe von seinem Partner nicht erwarten, dass er gleichzeitig der beste Freund sei. Ich war damals ganz anderer Meinung und habe diese These vehement abgelehnt. Heute sehe ich ein, dass darin viel Wahrheit liegt.

Der Lange kam jeden Tag nach Hause und hat sich über seine Firma, seine Arbeit und jeden in seinem Team beschwert und geärgert, wir hatten monatelang, fast möchte ich sagen die letzten anderthalb Jahre, überhaupt kein anderes Thema mehr als seine Arbeit und seine Unzufriedenheit in seinem Job. Egal was für ein Thema man anfing, es kam immer darauf zurück. Ich erinnere mich an eine Szene etwa ein halbes Jahr vor seinem Auszug. Mein damaliger Chef hatte mich mal wieder auf eine sehr persönliche Art und Weise „zusammengefaltet“. Dieses Mal hatte er in recht verletzender Weise meinen Kleidungsstil kritisiert und ich hatte, im krassen Gegensatz zu sonst, wo ich immer alles heraussprudele, was mich geärgert hat, das Gespräch erst mal drei Tage lang für mich verarbeiten müssen, bevor ich überhaupt darüber reden konnte. Dann hatte ich beim Abendessen davon angefangen und gesagt, ich hätte mal wieder einen Zusammenstoß mit meinem Chef gehabt und wie mir das schon seit ein paar Tagen zu schaffen mache. Daraufhin hatte er gleich gemeint, „ja, ja, ich hatte auch wieder Ärger diese Woche und zwar…“ und erzählte dann von der täglichen Diskussionen mit seinem direkten Vorgesetzten. Ich hörte ihm zu und versuchte dann aber nach einer Weile nochmal, das Thema anzuschneiden, das mir am Herzen oder mehr noch im Magen lag. Ich war zunächst auf sein Ärgernis eingegangen und hatte dann gemeint, ja, bei mir sei es dieses Mal besonders heftig und anders als sonst gewesen, richtig persönlich und auch ziemlich unangemessen. Und sofort fiel er mir wieder mit Schilderungen seiner Probleme im Büro ins Wort. Ich machte noch einen dritten Ansatz, der genau so endete.

Man konnte mit dem Langen wirklich über nichts anderes mehr sprechen und wenn ich ihm als Lösungsansatz für seine eigenen Probleme und seine Unzufriedenheit im Job dann riet, sich doch einfach mal auf dem Arbeitsmarkt umzuschauen, ist er richtig ausgerastet. Er werde nicht aufgeben, was er sich in dieser Firma aufgebaut habe, hat er dann gebrüllt.

Auch sonst hatte er wenig Erfolgserlebnisse gehabt in den vergangenen Jahren, von seinem Kegelsport mal abgesehen. Wirtschaftlich war er durch ein Insolvenzverfahren am Existenzminimum; sein Kind durfte er nicht sehen; seine Ex-Frau hatte immer neue Methoden, ihn finanziell zu belangen; sein Kollege wurde an ihm vorbei befördert. Und mir hat er dann vorgeworfen, ich sei der Grund dafür, dass er nicht glücklich sei. Seine Vorwürfe gipfelten letztlich in der Behauptung, nur im Büro sei er im letzten Jahr noch glücklich gewesen – was natürlich gar nicht dazu passte, dass er sich täglich über seinen Job beschwerte. Auch mein Sohn fiel aus allen Wolken, als ich ihm diese Aussage wiedergab. Aber der Lange hatte halt für sich einen Schuldigen gefunden.

Ich hingegen hatte viele Bedürfnisse allein auf ihn ausgerichtet, Sicherheit, starke Schulter, Vertrauter, bester Freund und ihn damit überfordert.

Ich bin den Weg danach 1.000 Mal im Geiste wieder und wieder gegangen und habe mich so oft gefragt, wäre mein Leben anders verlaufen, wenn ich an dieser Stelle, an jener Stelle – an jeder Stelle – etwas Anderes gesagt oder getan hätte. Hätte ich sie nicht unterwegs dauernd alleine gelassen. Hätte ich nur gesehen, dass der Lange zwar plötzlich wieder der alte sein konnte – humorvoll, witzig, mitfühlend, sachlich – das aber nicht an mich gerichtet war. Hätte, hätte, hätte.

Letztendlich wäre es sicher nicht anders gelaufen. Niemand sollte sein Glücklichsein von einer anderen Person abhängig machen. Ich muss zuerst mit mir selbst glücklich sein, dann kann ich es auch mit oder ohne einen Anderen.

Und auch das war etwas, was ich auf diesem Camino wiedergefunden habe.

Dank

Danke an meine Eltern, die uns immer das Gefühl vermittelt haben, dass sie in Allem hinter uns stehen. Meine Mutter ist der liebenswürdigste und liebenswerteste Mensch der Welt!

Mein Vater war sicher nicht nur liebenswürdig, aber als mein Sohn kürzlich zu mir gesagt hat, „danke, dass Du immer für mich da bist. – Auch wenn Du ein alter Motzkopf bist wie Opa!“, war das für mich eine echte Liebeserklärung.

Danke meiner Schwester Dagmar und meinen guten Freunden, Inge, Christine, Silvia, Rainer, Christel, Gerd und Axel und auch meiner „Pilgerfamilie“, die mich in meinen schwärzesten Momenten ‚getragen‘ haben.

Ich sage bewusst „Pilgerfamilie“, denn das sind sie für mich geworden in den letzten Jahren: Andrea, Petra, Gerda und alle anderen, ganz besonders die aus dem Pilgerforum www.jakobus-peregrino.de .

Meine bisherigen Jakobswege

- Auf dem Camino Frances von Burgos nach Finisterra, 2006 und 2008

- Camino Fisterra und Muxia– von Santiago nach Muxia und Finisterra, 2007

- Camino Portugues von Lissabon nach Santiago de Compostela, 2009 und 2011

- Via de la Plata bis Salamanca, 2010

- Ruta de Reconquista ab Potes und Camino Primitivo, 2010

- Camino Inglés und bis nach Muxia, 2012

- Diverse Etappen auf Rhein-, Lahn- und Moselcamino sowie im Elsaß

Ausblick

- Über den Camino Aragonés von Pau nach Burgos, 2013

- Einmal von zu Hause starten und den ganzen Weg gehen ….

Kathedrale in Santiago

Offene Puerta del Perdon im Año Santo 2010